子軒　著

子軒 *Shatter* 短篇小說集

碎片·錯覺·故事

目　次

對話，2011

1

我說：

我不會寫小說。真的不會。寫來寫去，總變成什麼都不是的東西。

你說：

什麼是小說？

我說：

就是他們說的那種有人物有情節有時間有地點有衝突有開頭有結尾的。

你說：

那你寫的有什麼？

我說：

其實也什麼都有了，可就是不像小說。

你說：

誰說小說就一定是小說的樣子？

我說：

傳統上就是這麼劃分的。

你說：

那你寫的被傳統劃分成了什麼？

我說：

好像是隨筆，或散文，或雜文，或什麼什麼的，就是不是小說。

你說：

可我記得你寫的裏面都是很多故事啊。

我說：

對，那就算是故事。

你說：

故事是小說嗎？

我說：

好像不是，應該不是。

你說：

怎麼回事？

我說：

說不清楚。故事就是故事，小說就是小說。

你說：

這也太軸了！為什麼一定要劃分得那麼清楚？

我說：

為了圖書館分類容易吧。

你說：

故事就比小說低一等嗎？

我說：

可能故事太隨意，信手拈來信口開河信馬由疆的，沒規矩。而小說是嚴肅的嚴謹的嚴格的嚴重的行為吧。我每次對自己說，要寫小說了，於是馬上就會不自覺地分外地嚴肅了，要想結構，想主題，想線索，最後，寫出來的東西就什麼都不是了。所以，小說很難，自然高一等。

你說：

那你怎麼辦？總是寫低一等的東西，你完蛋了？

我說：

完蛋了。

你說：

那還是講故事吧。我倒情願你繼續自由自在地寫你不是小說的東西。不嚴肅的通常要比嚴肅的更好玩兒！真的！可別嚴肅起來！

我說：

就寫故事？

你說：

就寫故事！

我說：

自由自在的形式？

你說：

自由自在的，沒有形式！

2

等我把菸點上，我們隨便聊。

你抽的是什麼菸，怎麼前面有個尖兒？

自己捲的，他們幫我私下搞到的便宜菸絲，質量一等一，除了蜂蜜外幾乎不摻任何化學成分。很地道！

黑市？

可以這麼說。「白」市上的太貴了，澳洲現在已經是世界上菸價最高的國家了，不買黑市的怎麼抽得起？

怎麼找到的？

你又不抽菸，問這幹嘛！

好奇。凡不是正道兒的，都有點意思。誰給你的？

那可不好說。我至今也沒見過給我送菸絲的人的臉。

神秘啊！你就不想見？

為了大家都安全，都能長久地得到各自想得到的利益。所以，再有好奇心也不能破規矩。

這很公平。

我每次就到我常去的菸店，說起來那家菸店在我們鎮上已經存在了十幾年了，口碑很好，算是個鎮上的小交際場所呢！

做地下黑市的確需要聚眾的地方。

別說得那麼難聽。除我自己之外，我並不認識別的買主。大家到店裏都是正常地買菸，不管漲到天價，該抽還要抽的。工黨政府真沒本事，經濟搞不好，拿菸民開刀！

說回你的菸絲。

每次我就進到店裏，對那個漂亮的斯拉夫男孩子說，我要一公斤，然後給他錢。一般一周或十天，菸絲就像快遞一樣，安妥地出現在家門口了，包裝得整整齊齊，防水防潮。你根本不知道什麼時候送到的。

做得太規矩了！可，那總不能隨便到哪家菸店都可以張口就說我要一公斤吧？

廢話！那男孩是我另外的一個朋友，住在很遠的另一個州的開農場的朋友幫我聯繫好的，是離我最近的一家供貨點。

你那很遠的朋友是開什麼農場的？他怎麼知道？

他種菸葉。

哈！

呵呵！

那他為什麼不直接給你？

違法。

？！

這有什麼，眼睛別瞪那麼大。這也是規矩。沒有規矩就沒有市場，別管黑的白的。好多年前了，我曾經去過他的農場，八千多英畝的菸葉田，一望無際。收穫的時節，幾台大型的收割機開進去，每台機器都有兩個工人分坐在收割機的兩邊，一人坐在一個斗裏，中間是條傳送帶。那菸葉長得像高粱一樣高，密密實實的。機器就順著田壟往前緩緩地開，工人們就用手把菸葉摘下來，碼在中間的傳送帶上，自動送到後面一個大箱子裏。等那箱子差不多滿了，就有卡車運回烘乾車間。他那烘乾車間長得望不見頭，三米多高的巨大的機器整天轟轟作響。那季節他要雇上二十多個工人幹活，田邊有一長串木板房是給工人們居住的。

是秋天吧？一片金黃的田野背襯藍天，就像梵谷的畫兒。

胡說八道。那的確是深秋，但收割的菸葉是綠的。只有烘乾後的煙葉才是黃的，你所說的金黃色，而且很柔韌。

他抽菸可太方便了！

他不抽菸。他找的工人也都是不抽菸的。他還在菸田裏教我認識什麼是好質地的菸葉。

你沒問他要點兒？

問了，他說一片葉子也不能給我，因為犯法。

可他介紹給你他的黑市朋友？

這很正常。黑市也是交易，我也是花錢買啊。

黑道白道都做，那他太有錢了。

很有錢！但，是從祖上來的。菸草屬國家控制，超高的稅收，不好掙的。所以黑市底下走一部分也情有可原。

這是什麼道理！

黑市也是平衡市場價格必不可少的因素。就像執政黨和反對黨。

也公平。說說你的朋友，一定是個有意思的人。

有意思？那也太有意思了！他是個極端吝嗇的人，有錢，但農場裏他自己住的房子很破。大是真大，裏裏外外有六七間臥室，臥室裏除了床沒別的。大廳能有八十多平米，可電視竟然才二十英寸大，還貼著一張條，上寫：別調頻道，你會什麼都看不到了！

只能看一個頻道？

一個！他的沙發舊到一坐下去就好像一屁股坐到地下，落入陷阱，想再站起來可就難了。

他太太呢？

沒太太，沒結婚。

同性戀？

鬼！他可沒少過女人，但不結婚，怕有外姓人分家財。

你怎麼知道？

我的一個不遠不近的女朋友曾經和他好過，以為找了個有錢的，很自信能把握住能結婚的。可，後來女孩子都懷了孕，他還硬是逼女孩子打掉，說不可能結婚，更不可能有婚外孩子。

後來呢？

沒有後來，打掉了孩子自然就分手了。

可，他的家族總不能沒後啊！

他的家族是個很龐大的體系，猶太人，你明白吧。他們的婚姻都是很講究條件的。他，我的這個朋友，就是不想和他的兄弟一樣被家族擺佈，所以立誓不結婚，守著煙田過一輩子。他從小就在煙田裏長大，兄弟三四個都到外面去了，只有他留了下來。他說，離開了也不知道能幹什麼別的，就這樣下去吧。

悲哀的故事。

一點也不，他很自由。他覺得自由對他很重要，生活中要有無限的選擇性和可能性，才會帶給他快樂。婚姻家庭是種悲哀。尤其像他那樣的傳統猶太家族，任何女人嫁進去對雙方都是悲哀的。

但，一個人守著農場終究孤獨點兒。

不是每個人都害怕孤獨的。況且，他儘管吝嗇，可還是個很誠實的朋友，善談，學識很淵博。他是拿了歷史學博士學位的呢！朋友多得能排到天邊。他只在一件事上很肯花錢，就是買書。他的家裏別的沒有，可藏書真不少，有個家庭圖書館。這也是筆財富，而且朋友們常來常往也都是聚在他的小圖書館裏，儘管只許看不許借。

想像不出來！

很簡單，猶太家庭是很重視教育的，文化藝術修養都很高。不然，如果他不喜歡藝術，我怎麼會認識他！

他買過你的畫？

他自己沒有，但他真的介紹給我不少顧客呢。當然都是猶太人，都太會砍價了，成交的並不多。

他的農場遠嗎？

遠。一般都是他出來玩兒的時候來看我，我就去過一次。但，那可算是個名鎮。那兒有一條河，就從他的農場邊兒上穿過。鎮子在一百多年前也是那個州淘金時期的一個中心。曾經有很多的中國人也在那裏淘金。後來爆發了淘金者之間的殘殺，近四千中國勞工死在了那條河邊。到現在還有個中國墓地呢。

哎，哎！這可是個好故事啊！寫下來！

這種故事在澳洲太多了，各州的華人博物館裏都有記載。自己去看好了。

嗨！難怪你的書不被人分進「傳統」裏。這麼大的題材你都不肯寫！

那是歷史學家的事。我沒興趣寫「大題材」，大而無當！我只感興趣小人物，小事情，小感情。那才好玩兒。

好。好。那咱們就說「小」故事吧。

3

我一直堅定地相信，生活中存在著無限的可能性。

這種可能性是可以讓生活擺脫枯燥的一致性，讓我，或者你，不再隨聲附和那些生存垃圾，不再面對一張張空洞和乏味的臉，可以明確無誤地釋放出自己的信號，並且帶著奪目的光彩的。

人們把一生的時間都輸入進：念書，工作，戀愛，結婚，生子，買房，還貸，退休，這麼個準確而荒誕的程式裏。

奴役，便成了唯一的法律。

可，能不能只讀書不工作？

能不能只戀愛不結婚？

能不能只生孩子既不戀愛也不結婚？

能不能不買房可也不流浪？

能不能一直工作到死不退休？

能不能嘗試這幾個詞以外的所有存在可能性而偏偏不進入程式？

其實都能。只要你想。

那樣的話，肯定能看到一個不同的世界：

一個為每一種情緒賦予了個性，為每一種行為賦予了靈魂的世界。

　　我一直在想逃離，逃離我的所知，逃離我的所愛，逃離我的所有。一直總在想著「出發」。

　　「出發」，這個詞無比美妙！

　　出發，不是去南極或冰島，不是離開某塊大陸前往另一塊大陸。而，只是去任何一個地方，無所謂山林還是荒漠，無所謂村鎮還是都市，只要不是這裏就行。

　　明白了吧：不是這裏，是那裏。

　　那裏沒有這裏這些人的面孔，那裏沒有這裏這種沒完沒了的日子。

　　那裏沒有程式，只有陌生的自由和未知的可能性。

　　我可以在那裏卸下習慣性的偽裝，在新鮮得清晰透明的空氣中得到喘息。

　　可能性，隱密著無邊的快樂。

4

　　我對你講講我剛來澳洲時認識的第一個男人吧。

　　他是個德國人，在一家德國餐廳做大廚。比我高一頭，典型的金髮碧眼的日爾曼人。乾淨，溫暖，幽默，很小氣。

　　初來的我正在茫然無助地背著行李拎著畫箱到處找房子的時候，他接我住進了他的家。

　　那是西澳佩斯城郊外的名鎮，佛裏曼托。

　　面對南印度洋的南半球最大的深水港。

他的家在一條兩邊築著白色高牆，陽光普照的小巷裏，是個木結構的小樓，進去後你會發現，小樓裏面是很藝術的兩度半空間。

樓下的大廳，是全開放式的，很專業的廚房佔據了三分之一，另外一邊有個半人多高的巨大的壁爐，環繞著一圈低低的沙發。屋頂很高很高，裸露的房梁是用古船的桅杆交錯支撐著，那根從樓下一直通達房頂最高處的頂梁木能有六十公分見方。整個房子只有一半有個二層，順著樓梯上去，排列著一串三間臥室和書房。

他就讓我住在其中的一間裏。

他是下午上班，所以很多的早上和中午我們一起度過。

他用最初的三天時間，教會了我怎樣去買畫畫用的工具，帶我熟悉了小鎮的條條街道，告我哪裡的咖啡好喝，哪裡能買到最便宜的生活用品。最主要：哪裡可以合法地坐在街頭畫畫，哪裡有也許將來適合我的畫廊。

然後他拍拍我，說：現在，你自由了。

在我住進他家的第四個晚上，那是個週一，他的休息日。

他說要給我一個驚喜。

於是，晚飯後，我就靜靜地坐在壁爐前的沙發裏翻著報紙等待，空氣中迴響著薩克斯風婉轉吹奏的爵士樂。那是約翰科雷恩的「藍色列車」，一個上個世紀二十年代出生的美國黑人，五六十年代在爵士界很有一號。

約翰科雷恩，是他教我認識的第一個爵士樂手。

那時的我二十三歲。

僅僅一年前才剛剛大學畢業，在北半球那片生我的土地上。

畢業時的我還很懵懂，老老實實地走出校園開始老老實實地工作。

直到毫無滋味地工作了八個月後的一個清晨，當我一如既往地站在鏡子前穿戴化妝準備上班時，我看著我自己，突然感到非常地陌生。

就在那一刻，我才翻然醒悟：我原來已經長大了，我原來已經是個完全自由也能自主的成年人了。

於是，我一生中，第一次用了幾天的時間，用了自己認為客觀的角度，從小到大，由遠而近，對人對己，仔細地重新審視了和我有關的一切，重新判斷了自己的未來。

然後，做出了一個決定：我要離開這裏。

因為無論怎麼審時度勢，結論只有一個：不走我會死，死在一成不變的某種規矩裏。

就像是現代都市那清晨漸漸而來的明亮，不是來自太陽而是來自高樓大廈的反光一樣，我知道自己不是只靠反光就能呼吸自如的那種人類，我要看得見清晨的太陽，看得見太陽直射而下的束束光芒。

於是，後來，結果：我就真的沐浴在南半球的太陽裏了。

我繼續靜靜地等著他，在黑夜漸漸籠罩了房間，在壁燈從四周散發出朦朧的金黃色，在敏感揪心的「藍色列車」中。

他終於走了過來，潔白的襯衣把袖子挽到胳膊肘，藍色的眼睛充滿笑意。

他拉我起身，用大手蒙上我的眼睛。

我被輕輕推著來到一扇門邊，潮濕的味道中充滿薰衣草的香氣。

然後他的手放開了：是在浴室的門口！

蒸氣還在彌漫，白色鍍著金邊的老虎腿的浴缸裏盛滿了大半缸的水，水面上飄著紅色的玫瑰花瓣。

浴室的窗臺和浴桌上放了兩個大蠟燭台，十根蠟燭閃動著飄飄忽忽的暗紅的光彩，照著浴缸邊兩杯濃濃的紅酒。

那浴室是建在地下的，落地窗外，一半是土地石頭，一半是密實實的低矮的樹叢和黑夜。

我心在劇烈地跳著，轉頭看著他，問，是為我？

他說：還有我。

然後，坦然地給我解開了裙子。

在那情景之中，我只有一種被蒸氣被香味被紅色的花瓣被悽楚的音樂融化了的感覺，任由他的雙手緩緩佔有了我身體的每個角落，任由他的雙手最終抱我進入溫暖的水中。

他是個柔情似水的男人。他讓年輕的我第一次在做愛中放下了對性的好奇，而學會用身心體會了性愛的美好。他也讓我懂得了性原來不僅僅是肉體的交合，還有燭光和鮮花的觸摸中的意念和想像。

我一直記得他的那雙手在我身上的感情。從第一次到最後一次。

那雙手大大的，有力，堅決，行走在我敏感的每寸肌膚上。我甚至隨著他雙手的滑動就可以進入自己意想的高潮。

那雙手好像豁然打開了我身體潛在的另一個世界，一個無邊界無時空的自由世界，這世界是從性開始，但展現給我了各種紛繁的可能性。

後來，在我又經歷了更多的男人之後，我慢慢地看懂了：只有那些有力量有自信的男人，才會如此坦蕩地溫柔。

我知道你會問我是不是愛他。

可這根本不是愛的問題，愛與不愛也不重要。

我和他之間從始至終也不是愛情。因為只有溫暖沒有瘋狂，只有交流沒有佔有，有彼此的信任卻沒有難捨難分。

可也正因為不是愛情，才在當時能如此平靜和諧地相處三年，才在分開之後如此長久地在心底記住的都是彼此的好。

是他，讓我成長為一個敢於舒展並綻放自己的女人。

就在第一次的浴缸裏，他對我說：你不需要愛上我，因為你終究是要走的，我這裏不過是你的一個轉捩點。可我想讓你懂得多一些你以前肯定不懂的東西，做好準備再上路。

我知道他是對的，我也很清楚，他是真心喜歡我的，就在我們第一次相遇在房屋仲介辦公室，他拎起我的行李帶我回家的那一刻。

我們一直都是分睡在兩間屋裏。我一直在交他房租，儘管很少，儘管我有時拖欠。他一直只在休息日才為我做頓飯吃，其他時間任由我吃我的速食麵，完全不管我。他從不容許我在房間裏畫畫，而是把我打發到地下車庫裏，也從沒陪我找過工作，隨我獨自大街小巷為生計奔波。

我們經常會在早上一起到海邊跑步，然後一起坐在面海的咖啡廳裏喝咖啡吃早餐。這種時候他會體諒地為我付賬。

他會把我介紹給他的家人和朋友們，也驕傲地介紹我的藝術我的畫。

可以說，我是他唯一的女朋友，他是我唯一的男人，在那三年中，我們又為彼此保持了自由。

有一次，我認識了他媽媽，也是個藍眼睛的嚴謹的德國女人。

我們聊天不知怎麼就聊到了二戰，她痛苦地搖著頭大聲說：不要談戰爭，不要談！那是地獄！

晚上，我走進他的房間，躺在他的床上，為白天惹他媽媽難受感到抱歉。

他摟著我說，有這麼一個故事：

二戰結束時，德國作為戰敗國，被蘇聯強行抓走了大批的勞工，送往西伯利亞。媽媽就是其中之一。在營地裏，受了很多很多難以用語言表述的苦，就像那本小說《古拉格群島》中描寫的。因為媽媽會拉手風琴，有時便可以不去戶外幹活，在房間裏為蘇聯軍官們拉琴。這就意味著可以不被凍死累死。就是在那西伯利亞的營地，媽媽愛上了一個蘇聯軍官，生下了他。五年的「戰俘營」生活，回到德國，媽媽自己帶著兒子決定離開家鄉，離開戰爭的記憶。媽媽曾經對他說：你生下來的時候我什麼都沒有，甚至沒有自由，所以我一定要讓你在自由中長大，在沒有陰影的國度裏生活。

至於他的蘇聯父親，媽媽說在他還沒出世就被調離了，他是不可能回來尋找一個德國女人生下的孩子的。

媽媽的第二次婚姻是在澳洲，繼父對他們母子都很好。

於是，我終於知道了他為什麼如此關愛著我，像個父親一樣。

兩年多後，我的畫意外地在墨爾本的一個比賽中獲了獎。他比我還高興，親自幫我買好機票送我到機場，鼓勵我一定要自己去好好看一看「外面的世界」。

是他告訴我：澳洲的藝術中心在墨爾本，不是雪梨更不是佩斯。要想發展，就要去墨爾本。

　　幾個月後，我真的離開了他，離開了那座陽光燦爛海水蔚藍，滿街音樂滿樹花香的小城，離開了那條白色的小巷。

　　因為我找到了更大的空間和自由，我早已準備好了上路。

　　你又要問我是不是想他是不是留戀他。

　　我想說，我應該是足夠堅定的人，我很清楚自己想要的是什麼，就像我離開北半球一樣。離開，對我來說，是永遠帶著自由與夢想的。

　　我們起初還繼續有聯繫，他還來過墨爾本看望我，後來嘛，自然而然就越來越淡漠了。我忙著應付新的環境新的朋友新的生計問題。

　　也就是一年以後吧，他告訴我他又有女朋友了。

　　而其實，好像也就是那時間，我也有另一個男朋友了。

　　前些年那邊一家畫廊邀請我和別的畫家一起辦了次聯展，我還是找機會去了佛裏曼托，看望曾經教會我如何離開如何上路的男人。

　　有十多年沒見過面了，倆人吃了頓長長的晚餐，不停地說啊笑啊直到掉下了眼淚。

　　他老了，還是一個人，有女朋友住在一起。

　　你問我對他記憶最深的是什麼？

　　這倒是可以很準確告訴你：是他的那雙手！我對自由的感覺，就是那雙手給我的！

5

我和你一起坐在山中的一間咖啡廳裏。

你說讓我帶你看看我們這個區。

這個區很澳洲,很文化,自古住著許多藝術家和作家,沒什麼移民進來,更少有亞洲面孔。離城裏比較遠,是在山腳下。

你問那為什麼我肯搬進來,我說也正是因為上面的原因,而且我自己是愛山不愛海的人。

你問山有什麼,海又有什麼。

山有土,海有水。土是靜的,水是動的。

你說你不明白。我說沒關係。

你感興趣的是,為什麼移民們不願意來這區。

我說大部分移民都喜歡住在熱鬧繁榮的區域,容易找工作做生意,而且他們喜歡自己族群集中的地方,可以方便地買到自己想吃的東西,可以有很多說自己語言的場所,可以把孩子送到自己社區的學校學習。

有很多「可以」。

你說其實歸結來說,就是在心理上需要群體的依靠,害怕陌生與孤獨,缺乏安全感。

你說你就是那樣,在人多的市中心你會覺得踏實。如果不是我在這兒,你根本不會自己來到這個區。

我說這也沒什麼,個人的選擇而已。

你說起你去過很多地方旅遊,但都是隨旅行團。你路上見過無數的背囊客,拿著一張地圖就獨自穿行在澳洲廣博的荒漠和曠野中。

你一直就覺得疑惑，他們其中基本上都是西方人，從見不到亞洲人，偶爾一次遇到，問起來還是個日本人。

他們都是來自發達國家，但他們食宿簡單，衣裝簡樸，行走辛苦，像是苦行僧。可看上去他們平靜也快樂。你心中不乏敬佩之情。

我說，一點沒錯，我也敬佩他們。而且，所謂發達國家，那並不是錢的問題，是文明程度和心理文化。我們亞洲人也由於自身的文化傳統，習慣於在別人設定好的「程式」和「規矩」中得到安全，習慣憑藉他人和旁的事物來確定自己的價值，祖宗教的。所以，不敢離開人群。

你笑說是了，如果離開了別人的評論會常常疑惑一下子，不知道自己的行為舉止是對還是錯。最喜歡聽見別人說：你做得對，做得好。

你很欣賞我們這個小區，說像個獨立王國，不用出山就什麼都有了。既不是真正的山鄉，也不是小型的城市，鎮子中心的繁榮充滿了文化氣息，有書店有畫廊有咖啡有音樂，鎮子周遭又能感受到大自然的真實，被山林環抱，還有葡萄園起伏其中。

你說住在這裏自由獨立卻又不會孤獨。然後你確定似的問我：是吧？不孤獨吧？

我說當然不孤獨。每個區域都有它自己的社區環境和人群，生活久了，你也就是他們的一部分了。比如說，我幾乎認識每家常去的小店的店主們，他們更認識我，因為我這張中國臉很容易記。我們一起聊天，一起罵政府，東家長西家短，有便宜貨他們就給我打電話，我有任何不明白的事隨時可以找個人幫我弄清楚。我的一半生活資訊都是來自他們。

其實生活在哪兒都一樣，只要別自己把自己當成異類，別自己把自己孤立起來。

可你不滿足我所說的，問：那為什麼移民會害怕孤獨？

我說，自己造成的吧！離開了自己熟悉的文化環境，自然有很多茫然。而，也可能，害怕的並不是真正意義上的孤獨，而是帶有著孤獨的充滿各種可能性的自由。是害怕自由！害怕體會與自由如影隨行而來的寧靜和寂寞的滋味，而這滋味中，是沒有金錢，群體，光榮，或者愛情所能給你的社會準則中的認可的。一個人突然變得要由自己來界定自己的行為規範，那是迷了路的感覺，肯定挺害怕的。

所以，他們不敢一個人，個體性地活著，他們是群體中命定的奴隸。

後面這句話我沒有說出口，因為也包括了你。

我忍不住對你說，就像你現在跟我在一起，來到陌生的這兒，你說感到很放鬆，心裏得到了平靜，那是因為我在給你展現了一種新奇的同時，也給了你陪伴。並不是因為你自己喜歡或你自己認可像我一樣的孤立於大多數移民的生活狀態。時間一長，你肯定就要想念城裏的一群群朋友，想念能和你一起吃飯喝酒唱歌的人們了。

你說不會的，你的好奇心重，經常需要新鮮的事物。

可，新鮮的事物不能靠別人給予，要靠自己發現，那才是「新」。

你說，即便回到城裏，你肯定還會想我。

那是一定的。我說。

因為我相信：人，是有著潛意識中「生而自由」的品質的。一旦你看見過自由，就不會忘記，它的光亮會刺穿你，不管它屬不屬於你。

我對你講起一個男人，我自己生活中短暫的情人之一。

他就是被我生活中的種種新奇所吸引，也來到過這間咖啡廳。

無論山林還是池塘，那一刻在他眼裏，充滿色彩充滿性感。我就像是個寶藏，為他打開一扇扇新奇的門。

而時間很殘酷，當新奇不新了的時候，他所面對的就是孤立了，是與我面對面平等享有的孤立。好像各自站在兩個山頭上。

他說我誘惑他上了山，卻怎麼也牽不到我的手了。

後來，他開始越來越懷念他以往的群體與光榮，至少，那些外在的熟悉的人與事，能為他建起一個生活的基準面，他不怕會墜落。

而自由，卻什麼也不會給他，在有著無限的可能性的選擇中，只會讓他更加懷疑自己。

你有點沉重，說，他害怕了。

不是，他不敢面對真實的自己而已。因為自由也是一種能量，能清澈明亮地反射出他自身的虛弱無力。

我帶你愜意地環顧四周。

這間咖啡廳有很大的前院和後院，有古董儲藏陳列室，還有兩棟獨立的小房間給願意留宿的客人。

前院停著一輛舊式的雙輪馬車作為觀賞和裝飾。那馬車從我十年前住在這區就一直保持這個姿勢停在那裏沒動過。

後院有個小池塘，水裏有幾隻自由自在的野鴨子，水邊有一艘破舊的小木船。家養的雞被關在一間三四十平米的高大的籠子裏。

院子裏散落最多的就是為客人們準備的小圓桌了，樹下，水邊，露臺上。

院子邊緣就是叢林茂密陡直而上的山坡了。

我們坐在後院吃東西。送來的是一盤沙拉，綠色的蔬菜紅色的義大利臘腸，澆上點波薩密克黑醋。

你手裏拿著相機不停地拍，坐在我們邊上另一桌的一對母女看著你覺得好笑，問我道：她是來旅遊的？我說：她都在澳洲住了好幾年了。

我回頭對你說：你明白了嗎？這幾年你都在幹什麼了？為什麼對一個你居住了好幾年的國家還會如此陌生？你見過了歌劇院，見過了大堡礁，見過了紅石頭，見過了黃金海岸，可為什麼沒看見身邊真實的澳洲普通人家的前院後院，和他們平靜的下午茶？

後來，我帶你離開了我的鎮子，去到你熟悉的區域吃晚餐。

你露出終於放鬆了的樣子，說，陌生讓你緊張。

我們跑到一家四川餐館，裏面熱騰騰擠滿了人，外面的座位也不富餘。

老闆娘大聲地帶著四川口音對兩個坐在戶外長桌旁的西方人說：他們倆和你們分坐這張桌子，可以嗎？

那一男一女馬上點頭：沒問題！

我和你坐下，突然意識到：哎，他們說的是中文！

於是這一整頓飯我們都在和他們聊天，各自涮著各自的火鍋，用中文，摻雜點英文說得熱火朝天。

他們一個是美國人，一個是加拿大人。那美國女孩喜歡豪放地大聲說笑，那加拿大男人說起話來細緻入微。

七年前，同是背囊客，他們分別在澳洲巡遊。

　　走到那個最南邊的塔斯瑪尼亞島上時，他們相遇了，相遇在小小的背囊客棧。之後的七年間，他們共同走過印度，中國，臺灣，蒙古，尼泊爾等等國家。每到一處，找個教英文的工作生活一段時間。邊教書邊遊歷便成了他們的婚後生活。

　　他們在中國珠海教英文的時候，開始學習中文了。

　　你問他們為什麼選擇中文來學，他們笑：沒有為什麼啊。就像我們同樣會說義大利語，我們想學一門東方語言，沒什麼特別的。

　　我知道你肯定很失望，你多想他們說是因為熱愛中國文化才學的。

　　其實，中國文化和世界上所有文化一樣，都不過是地球形成至今的一個人文組成部分，並沒什麼特別的。沒有為什麼。

　　你不甘心地繼續問他們為什麼又回到澳洲。

　　他們說得那麼自然：這裏是他們去過的國家中最平靜自由的地方。所以他們一個來讀書，讀環境美化，一個找到了工作，是多元文化辦公室分管教育培訓。他們說想讓自己休息一陣，住到再一次感覺要離開的時候。

　　這麼好還要離開？你叫著。

　　離開不是因為不好，只是因為需要。那個加拿大男人說，然後指指心：是這裏需要，它說，該走了，我們就走，它說，不走了，我們就留下來，它說，去澳洲吧，我們就這樣又來了。

　　那天的最後，你說你好像懂得了我的一種生活策略：讓文學藝術成為忽略現實生活最為愉快的方式。這樣就能與孤立抗衡。

　　我指著你的心問：是它說的？

　　於是我和你大笑起來。

6

我收拾好家裏的廚房，看著孩子們都各自埋頭在各自的電腦前，就說，媽媽上山啦。他們不抬頭地回應我，一會兒見，媽。

走出家門，已是天黑時分。細雨灑在車上，濕淋淋的。

打開車門，發動引擎，亮起車燈，雨刷掃開水珠，我把車子退出了停車道，拐上了主街。

三分鐘後，我已經駛過了橫在小河上的單行木橋，順著漆黑的小道開上山坡，把車停在了你房前的車棚裏。

你大門口的遙控燈亮了，微弱的黃燈泡照不到三米外，我只是憑習慣走下九個石頭臺階，推開了門。

你的畫室裏暖融融的，畫廊標準光線的燈光不冷不暖，準確地表現著每一件傢俱的色彩。屋子中間用泥巴砌的壁爐已經點好，木頭劈啪響著，小小的火苗散發著松香的味道。一對兒曼哈尼托的多釘沙發呈現出深深的古紅色。

你沒坐在那兒看電視。

我於是繞到後院門口，喊了一聲：我來了。

聽見你在樓上回應我。

電視裏正在播映那個美國大牌名嘴，黑人女主持歐波拉的退休前最後三場告別晚會，好萊塢的所有明星都出來為她捧場。

我坐下，倒上一杯你剛沏好的鐵觀音，看著麥當娜出了場。

我大聲說，要是麥可傑克遜還活著該多好，他一定也會來，他和歐波拉可是最好的朋友呢。

你邊走下樓邊問，她是真的不做節目了？

我說，只是她自己的白天的主播節目結束了。她可沒說不再上電視。那個菲爾醫生的節目正在籌畫與她的另一項合作呢。欲望仍在嘛！

你在我的頭頂親了一下：孩子們都在幹什麼呢？

都在電腦上忙。

有什麼消息嗎？

香蕉的價格繼續停留在十三塊錢一公斤，你一時半會兒的別想吃香蕉了。亞西颶風的結果，75%的香蕉園全毀了。不過，華爾街說，澳洲仍然是幸福指數在世界數第一的國家。你感覺幸福嗎？

夠幸福的，如果物價再低點兒的話。還有什麼？

墨爾本人的「避鄰綜合症」越來越厲害，尤其反對現在把那麼多本來占地很大的獨居房改建成肩並肩的沒有花園連體公寓房。

那是。移民太多了，誰知道身邊會住個什麼宗教的狂熱份子，或者持槍的恐怖組織成員。

幸好我離你有一定距離！近鄰太危險！只有恰當的距離，才會讓人成為獨立的風景。

你伸手往壁爐裏扔了塊木頭，坐進另一個單人沙發。電視裏很煽情地播著歐波拉公益贊助的學校裏的孩子們的歌聲。

你問我的書寫得怎麼樣了？

我說：寫是寫不完的，每天發生這麼多的事。這連著三天，我會見了三個截然不同的女朋友，她們的故事就夠寫另一本書的了！

我又說：如果三天會見了三個截然不同的男朋友，那會是什麼感覺呢？

你說：可以試試！

我有點不自信地問：我的書真的出了，銷路會怎麼樣呢？

你說：寫中文書你是有經驗的。但要有心理準備，你看澳洲人買書，是一個人買五本，當成禮物送給親戚朋友；我們中國人是五個人傳看一本，基本上不買書，借來看看就不錯了。

我問：那書是什麼？

你反問：你覺得呢？

我在想，書應該就像是把現實生活變成一個偉大的夢。對於太多連夢都沒有的人來說，我的書，就是要把其中許許多多的夢展現給他們。

你問：你的夢如果不是他們的夢呢？

我答：我書中那麼多的故事，總會有某個夢是他們熟悉的。人和人，能差多遠？實在是不差很多的。人和人之間是存在「懂得」二字的，還有「同情」二字。聽說過「羊群心態」吧。就是這樣！

你看著我，不確信我說的是好話還是反話。

最後，你說：把全部文章都發給我讀讀！權當我也做一回「羊」！

我笑了：你確信全都要讀？我對這本書的劃分可是反傳統的，就像六十年代的搖滾，是絕找不出主旋律的，是徹頭徹尾的跳躍，無主題。你只看得出來：有的長，有的短，但，絕對沒有任何文體感覺的啊！

你嚴肅地問：但它到底是不是書？

我嚴肅地答：是書！

你於是肯定地說：看！

上帝錯了

上帝錯了？

也許是我錯了。可我一再自省，我並沒有做錯。

也許是生命中某一次選擇選錯了？可我能記起的自己成熟獨立之後的每一次重大的選擇，也都沒有錯。當然，有時會很無奈，不是在可能和不可能之間，而是在不可能和不可能之間做出的選擇。

那就還是上帝的錯，它忘了安排一個帶有可能性的選擇給我。

總之，它就這麼將錯就錯一錯再錯地又扔下了幾張牌，揚長而去。

我看看自己手中的底牌，再看看它給我的，怎麼看都是輸。我精挑細選，撿起一張。

打了出去。

1

下午兩點鐘。班其把車從家裏開出來，決定去健身房。

今年夏天的墨爾本不熱，二月的氣溫從沒有高過三十五度。

這麼大中午地出門，黑色吊帶背心外她還披了件長長的無袖亞麻套衫，也是黑色的，下面緊裹著兩條筆直長腿的七分健身褲，還是黑色的。

就這麼黑著鑽進白色的小車裏，班其的心情不算壞。

　　班其居住了十五年的小鎮離墨爾本市區有三十公里，一百二十年的歷史，傍山而立，林木環繞，有諸多知名作家和藝術家盤踞在山中。

　　一路開過去，是小鎮中心被加油站，咖啡廳，書店，時裝店等等等等商家充斥著的五百多米長的繁榮的街道，和，主街後面更多商家沿山坡而建，掛著燦爛招牌的超市，餐館，房屋仲介，旅行社，繼續等等等等。

　　看著街邊熟悉的店鋪飄過熟悉的色彩，班其心裏一直在回想著昨夜的夢，那可真是個美夢！

　　她夢見自己在環遊澳洲中部，背著包，搭上一輛混身是泥的四輪驅動，來到了中部的一個村子。中部的土地是紅色的，村子集中著幾幢木頭和石頭混建的房子，紅色塵土飛揚的小廣場上停著幾輛掛斗工具車，村民們安靜無聲地遊走著，無論男女都健壯高大，紅臉膛，帶著卷邊牛仔帽。他們笑容坦率，露出一口白牙。

　　圓形的廣場邊，還有座白色的小教堂，十字架豎立在高高的尖頂上，背襯著湛藍藍的天。一個兩層的帶露臺的紅磚結構酒吧門口，飄揚著一面澳洲國旗。都是百年老建築的感覺。

　　班其在夢中去了村子裏的一家繁殖名種狗的農場，她驚訝地置身於上百隻小狗中間，開心得淚流滿面。

　　中部紅色的空氣都在她的歡叫聲中顫動。

　　最後，夢停在了當她站在中部曠野的夕陽中遠眺小村，伸手到攝影包裏找鏡頭的時候：嗨！我的三百的長鏡頭怎麼沒帶！

　　班其扶著方向盤穿過了小鎮：真是個美夢！我做了十幾年的夢！可我怎麼就一直沒有動身呢！年輕時動身才好，還能多點浪漫經

歷。現在，現在也還行。可我動不了身，怎麼感覺越來越動不了身了呢？這麼簡單，至少是不難的一件事啊！到底什麼地方出錯了？

每當她滿懷困惑的時候，就把問題扔給上帝，一個讓她覺得或有或無不清不楚的存在。因為有的問題有答案，有的問題無解，有的問題要牽動太多的前因後果，解釋清楚的過程就是一生的過程，太長了。

後來，班其對朋友說：你的一輩子，如同在和生活打牌，想贏一局，要看自己手上的牌；想局局都贏，要看東家出的牌。而洗牌發牌的，就是上帝。

2

拐下主路滑進樹林，放著空擋繼續順山坡滑過一座小橋，腳底不用再給油就到了健身中心的停車場。

健身中心兩年前剛剛擴建過，地區政府在中心的大門口豎了一個牌子，向市民們清楚報帳：花了你們交納的地皮稅中的五百萬澳元，但每週十元的會員費並不漲價。

中心占地有十英畝左右。室內和室外的兩個游泳池，籃球館，健身器械館，五六個專項專用的健身廳，還有二樓的健身按摩，醫師諮詢，運動醫療，以及孩子們開生日會的五顏六色的大廳。

澳洲人自古以熱愛運動而著稱。於是，老老小小的本地居民們都興高采烈，受益匪淺。

班其就是受益者之一。

班其曾經是個游泳能手，蝶仰蛙爬樣樣精通，在水裏就像條水

蛇。但她現在來健身房很少游泳,她對別人說:我那麼長的頭髮,每次遊完泳就得又洗又吹,麻煩死了!天涼的時候濕著頭髮出來還容易頭疼生病。

其實,是因為游泳總讓她想起青蛙。

倒也不是青蛙的錯,而是那只「井底之蛙」!

班其越來越覺得自己就像只掉進井裏的蛙。那本來就生活在井底的蛙是很自在的,看著頭頂一小片藍天很滿足;可,如果是一隻從外面廣大的自由世界一不留神誤掉進深井裏的蛙呢?!呵呵,何等的掙扎啊!

照舊進了光線明亮的器械室,班其脫掉長衫,拿著隨身的水瓶和一塊小毛巾,開始按照常規的運動量一項一項專心地完成今天的任務。

健身對她來講,很經常。

事實上,這裏是一個躲避現實壓力的好地方:每個人都在埋頭苦幹,揮汗如雨,只關注自己眼前的數字,沒有競爭,完全獨立,自由取捨,心如止水。

班其覺得健身不過是個「底線」的問題,每次進來,最低要做到什麼。然後會試著往高做,再高點兒,再高點兒。做不到可以放棄,但,底線是要完成的。

就如同生活一樣,只是程式相反。

在生活中,班其卻是一直在從前往後退:原本是一個人獨自佔據所有自由的時空,後來成了兩個人,後來成了三個人,四個人,五個人,都在共同瓜分她的時空。

健身的底線是一排排爛熟於心的數字,而生活的底線對於她,

則是：自由。那只剩下五分之一的自由，她還在死死地堅守著。

　　兩個小時之後，班其擦著汗，把自己的記錄冊放回前臺大抽屜裏。一抬眼，看到了牆上一則醒目的新廣告：「八天徒步訓練團，穿行在維州和新州的大分水嶺間，一百公里行程，山中露營食宿。」廣告照片是去年的領隊教練身背巨大的行囊，手拄樹棍，站在某座大山極頂的勁照，旁邊伴著數個風塵僕僕年齡不等的男男女女。

　　班其仔細讀了一遍，轉身走向過道的存衣櫃，猶豫地又走回來看了一眼，再轉身走開。把衣服從自己的衣帽箱裏拿出來，來到大堂的咖啡廳裏買了杯酸奶，邊吃著，邊再一次走回廣告前看那張線路圖。

　　那片山脈她很熟悉，很熟悉，但只在心裏，她並沒去過，是在地圖上看過很多次。那是一片澳洲原始的叢山峻嶺，有澳洲最高峰克斯庫斯柯，海拔兩千兩百多米，是雪河的發源地，那裏水豐草美。曾經近兩百年前有過幾家澳洲很有名的家族牧場在那裏放養牛羊，然後每年騎馬趕著牛群越過分水嶺，把牛賣到北部。後來，牧場衰落，家族的傳奇故事卻一直流傳至今。

　　現在，那邊還有幾座小鎮，沿襲著漸漸萎縮了的牧場生涯，當然已經通了火車，不用再趕牛群越分水嶺了。

　　因著那片山嶺的生態依然原始，景色無邊，懂澳洲文化的旅行者們會把到那裏飽覽小鎮風情，體驗牧場生活當作是漫山行走過程中的享受。澳洲的兩部經典系列電影《來自雪河的男人》就是在那裏拍攝的，講拓荒時代的故事。

　　還有澳幣十元上印著他頭像的著名詩人A.B Banjo Paterson的那首近一個世紀前的長詩：The Man From Snowy River，表現的也是雪河，野馬，與男人們。他早期詩歌的內容大都源於那片土地。

　　班其收藏了一本六十年代澳洲出版的A.BPaterson的詩集，硬殼封面，帶有雪河一帶黑白攝影照片作插圖的版本。還收藏著那兩部電影，時不時想起來的時候，就會挑一本再看一遍，重溫一下片中的山脈河流，嚮往一下故事中自由不羈的澳洲感覺，和被稱為bushman的澳洲男人們馬背上的傳奇生活。

　　雪河和大分水嶺。令人牽掛。

　　這八天的行程更是誘惑，「我能去嗎？」自己問自己。

3

　　八天。

　　班其走向停車場，拿出手機，聽留言。婆婆說：接孩子的時間到了，你跑哪兒去了！丈夫說：我有重要的文件要等你馬上過來發，你跑哪兒去了！雕塑工作室說：新的一爐作品已經燒好了，趕快過來拍照上網！

　　八天。

　　班其開往學校，快到的時候，看到女兒已經跟她奶奶走在回家的路上。班其沒有叫她們，悄悄拐上去雕塑室的路。她知道丈夫那邊永遠都有「很重要的」文件，早發晚發沒區別。又收到兒子發的短信，說六點不用接了，朋友的媽媽會順路送他回家。

　　八天。

　　雕塑工作室是山中一幢磚泥結構的法式大屋，兩百多平米，有天窗，光線潔白，前後的院子是乾淨平坦的土地。五年前班其和另

外兩個女雕塑家一起租下，隔了三間工作室，請人在戶外盤了個窯，開始燒制陶瓷藝術雕塑。她們的作品風格迥異各具千秋，在班其的建議下創建了自己的網站，共同推廣作品。幾年下來，慢慢的小有名氣了。

　　八天。

　　班其到的時候大屋裏空無一人，中間的大廳有個陳列台，天窗射下的光線帶著無數飛揚的塵埃端正地籠罩著臺上十幾件色彩各異大小不等的雕塑。其中有四件五十公分高的是班其的系列作品，半身的人體以不同的姿態扭曲著。班其知道這幾件作品很不商業，便大膽地用了中國紅通體燒制，色彩頗為刺激。期待著會有和她一樣神經制的人喜歡。

　　八天。八天。八天。

　　拿出相機，她依然想著那揮之不去的「八天」和雪河，就像在想著一段罕見的神聖而美麗的感情。

　　手機又響了，這世界自從有了手機就沒有了安寧！班其看顯示是琳達，雕塑室的合作者之一，也是她的好朋友，於是按下接聽。

　　「嗨，你現在在工作室？那我過來，有話說。」

4

　　琳達是法裔澳洲人，五十歲左右，也是黑髮卻有著藍眼睛。班其喜歡她的美麗，說她很清晰乾淨，和她的為人一樣，輪廓鮮明。

　　琳達單身媽媽當了十多年，現在孩子已經上了大學，她很得意

自己又回到了年輕時代，可以一切只為自己打算了。她有個並不住
在一起卻相處近十年的男友，也是個藝術家，擅長油畫人物肖像，
很出名，而且，是個中國裔的澳洲藝術家。曾經，班其第一次見到
他時，心裏閃過一瞬間的後悔。

　　班其很羨慕他們的那種相愛方式：不住在一起，各有各獨立的
時間與空間，距離感使得見面時永遠展現與享受彼此的美好和浪
漫，世俗的噁心都藏在另外見不得人的地方，發生爭執了還能躲回
自己的世界，避開更大的麻煩。

　　怎麼想都是利大於弊。真希望未來的婚姻家庭模式都往這兒
發展！

　　可琳達說，這是需要女人本身足夠強大才行的。

　　琳達穿著件紫色的連衣裙飄進門來，彎腰親吻了一下蹲著拍照
的班其，拉她起身：

　　「我做了個重要的決定，你還是坐下聽比較安全。」

　　琳達一如既往的坦率，說：「我要離開了。」

　　「多久？去哪兒？」

　　「時間上不很確定，至少半年，最多一年。我要去環澳。已經
計畫過很多次，這次，各方面都準備好了。」

　　班其沒有太多的吃驚，他們西人做事一向如此。只是心裏湧上
來的感覺很複雜，最明顯能體會出滋味的，是嫉妒！環澳啊！班其
夢想了十幾年，卻無論如何都沒走成。一錯再錯地錯過了N次可能。

　　琳達背著光坐在那裏，兩眼卻在閃亮。「前幾天新西蘭基督城
被地震給毀了，你是知道的，這給我的震動太大了！基督城，飛機

不過四個多小時，南半球最歐洲最美麗的小城，我甚至都還沒去過，就消失了！我很後悔，很後悔！我以前一直在想，等等，等有長假期的時候，等孩子再長大點的時候，等手頭錢再多點的時候，等我的他也有時間一起和我去的時候。但是，其，你清楚，事實上，假期一直就有，孩子早就長大，錢是永遠沒個夠。那個他，嗨，你們中國人，房子重要過一切，是寧願用全部生命換房子的，你們叫什麼？房奴！太準確了！我早就知道他是在找藉口不肯花錢去。我，我自己，卻不能再等了，我不知道這 '等' 字還要讓我失去多少夢想。上一次環澳旅行，你不會相信，還是我上十年級的時候，我的父母帶我去的呢！那是三十多年前的澳洲了！你是想像不出來的，呵呵！自己環澳這個夢想我計畫了很多年，真是很多年了。是基督城的地震，讓我下了最後的決心！這你懂吧？」

　　琳達一口氣把她的決定完完整整的拋給了班其。

　　聽到她評論中國人，班其心裏又一陣不舒服，但無法反駁，這恰恰也是她自己的癥結。她的家庭是一樣的：自從五年前買下這幢占地兩個多英畝六間睡房的巨宅之後，一切都改變了。生活質量眼見著下降，買什麼都要記賬都要算計。婆婆和丈夫的脾氣越來越大，班其本來就不是很會計劃經濟的人，鬆鬆散散的性格在家開始整天被指責被教育，恨不得她的雕塑工作室關門，讓她出去打工才稱他們的心。當年家裏買這大房時，工作室也剛剛開始，班其曾和家人大吵一架：你們愛買多大的房子你們自己承受！但，如果不讓我繼續我的藝術，想讓我離開工作室，那我現在就離開這個家！離婚！

　　這就是班其誓死捍衛的自由。

　　愛房子，那是一個窮人世界的準則。

「其，」琳達打斷班其的思路，又給了她一記重磅的，「我離開意味著我不再繼續分攤工作室的房租了，你明白吧！咱們這房子的一切支出一直是我在管理，你總是糊裏糊塗的。現在，如果我走了，你和安就要承擔所有，對半開，你們倆的費用都會增加。而且我覺得，安很有可能撐不住。你可要做好她也撤出的準備，以後是再找人合租，還是你自己幹下去，都要早點想清楚。嗨，你聽明白了嗎？」琳達伸手握住班其的胳膊，晃了晃，認真地看著班其迷惘的眼睛。

班其當然在聽，也明白。但她總也不能讓自己的思路跟上琳達的話。

她看著琳達，腦子卻突然想起十幾年前的老電影《Forest Gump》，片中詹妮從小到大不停地對Forest喊：「跑啊，Forest，跑啊！跑啊！」

她又想起前幾天讀過的一本書，把人的生活像馬克思對生產的劃分一樣，也劃分成了「簡單再生活」和「擴大再生活」。房奴們屬於簡單再生活，甚至那些只富不貴的中國大款們也屬於簡單再生活，他們不過是在吃飯睡覺掙錢和消費，維持生命而已。只有她班其和琳達這一類，具有和充滿著高貴的「精神」二字的，才奢侈地擁有著「擴大再生活」。

八天！雪河！bushman馬背上的傳奇！

琳達是她這幾年來最近的朋友，一起看電影，一起喝咖啡，一起經營這個小工作室。

她們倆最後看的那部片子，叫《eat, pray, love》。那天，她們

看完後都很激動，坐在電影院外面的咖啡廳不停地聊，聊著電影中的Liz拋棄婚姻，拒絕生育，只為追求自己的夢想；聊她在片中走過的義大利，印度，和巴厘島。

這些地方班其都沒去過，琳達是去過兩次歐洲，也去過那個島的。琳達還說：搞藝術的，不僅要多走多看，還，一定要敢「舍」。

後來，班其自己去書店買了那本書《eat, pray, love》，一遍又一遍地讀。

琳達和班其走得太近了，這麼突然的離開，會造成傷感。

但，現在問題的關鍵不是什麼傷感不傷感，問題的關鍵是：班其又掉進井裏了！如此無奈地又被扔進井裏了。

「嗨，你在想什麼呢？你是不是在想你能自己把這裏乾脆開成雕塑畫廊？我知道你以前就有這個想法。事實上，我們已經有了那麼好的顧客群，又有你設計和操作的網站，你直接把這兒對外公開，打出廣告，再繼續從網上大力推廣，一定能成。哈，親愛的，如果你就這麼做下去，等我回來我就馬上來幫你！」

班其看著她眉飛色舞的神情，氣不打一處來：憑什麼啊！你在夢裏，我在井裏！

5

一個多小時後，紫色的琳達瀟灑地走出了工作室。隨著車子碾過土路遠去的聲音，靜謐，重又充滿了四壁。

班其低頭擺弄著一直拿在手裏的相機，舉起來，透過鏡頭看

著空空的雕塑室：光線還是那麼亮，但她知道現在的光已經變質了，出來的照片色彩會偏冷，已經錯過了依靠自然光拍攝雕塑的時間了。

她懶得起身打開攝影燈，就那麼坐著，沒動。

這個雕塑室是她生活中的「底線」，是她唯一的自由。她靠著自己賣雕塑的錢支撐著這裏她所需要的一切開銷：房租，水電，雕塑材料，燒窯費用，電腦還有廣告。

她一直自給自足地繼續著她的藝術，很自豪也很開心。

是啊，這生活中最後的自由，她還能不能守得住？可是，又還能有什麼別的辦法，還能怎麼做，能讓她超越這個「底線」呢？再往上走一步，是不是能爭取到更大程度的自由？往哪兒走？空間在哪兒？她將為此失去什麼，又得到什麼？

她需要一張牌，一張關鍵的牌，來打贏這一局。可，將出現的會是張什麼樣的牌呢？又，什麼叫贏？

班其把相機放在桌子上，把腿長長地伸出去，把頭髮胡亂地抓起來又散下去，抓起來，又散下去。

她就像個黑色的影子，孤獨地被扔在漠然的空間裏。

她不知道該怎麼去想，但她非常清楚地知道別人會教她「應該」怎麼去想。但她不需要別人。

她忽而覺得腦子裏有一個閃動，過去了，沒抓住，很難確定是什麼。

她不能移動身體，只要一移動，她必定又不能專注，她在等那閃動回來。

　　她讓自己的眼睛盯住了相機。

　　就用這架相機，她拍過很多很多人物，大都是抓拍的。不管認識或不認識的人，他們的各種神態，就像是生存本身博大精深的種種畫面，都被班其存進電腦裏，然後用專業軟體做成不同效果的攝影作品。

　　曾經想過，要連同她自己的人物雕塑作品的拍攝一起，出本攝影集，真人和雕塑，真人拍得像雕塑，雕塑拍得像真人。最好，連帶上風景做背景。

　　如果，假設一個不存在的如果：

　　如果，班其沒有結婚的時候就有了不用膠片的數碼相機；如果，班其那時就懂了如此奇妙，對她而言又如此容易的電腦製作照片技術，班其一定會成為一名攝影師。她發誓，發誓要做一名自由攝影師，為各種雜誌自由撰稿，走遍所有夢想的地方，拍攝澳洲令她著迷的傳奇故事。她要做出既帶藝術性又帶文學性的攝影故事集，發行到全世界。她堅信不移，她發誓。

　　如果那樣，她就不要婚姻，不要孩子，等走累了再來到這個小鎮上，還要做雕塑。

　　如果。

　　行走。

　　八天。

　　噢，shit！

　　班其的思維在繞著圈子，但她明白現實只能容她再做半個小時的「假設」或「如果」，就像她肯定是擺脫不了手機隔三差五地要把她拉回到一口又一口的深井裏。

那腦海間的閃動呢？

什麼時候會在她的腦子裏停住，實實在在地閃閃發光？

6

她終於站了起來，收好相機，走出門，回身上了鎖，再轉過來，面對院子外的小街。那裏，偶爾有車開過，鄰居家傳出傍晚的嘈雜。

她黑色的身影貯立在巨大的木頭門前。大屋，就靜靜地站在她的身後，夕陽不遺餘力地繼續明亮。院子裏的土地，還留著琳達的車輪碾出的兩道溝。

「跑啊，Forest，跑啊！跑啊！」有人在天上喊。

班其深深地吸了口氣，彷彿要吸進那喊聲。

她抬頭望向天空，發現空氣中飄飛著無數閃爍的塵埃，那麼自由地在發光發亮。她只要伸出手，就會落入她的手中。

班其突然打開提包，胡亂而匆忙地翻著翻著，總算找到了那個討厭的手機，靈巧的手指開始以最快的速度發送短信：

「琳達，你先別定行程日期，因我會先你一步離開八天，然後回來開辦雕塑畫廊。我必須要先走一步，我不想我自己的夢也像基督城一樣，那我情願讓自己變成基督城！具體安排我們面議。」

然後，準確地按下：Send！

她思路清晰：她需要一個「離開」，哪怕短暫的。只要走出這第一步，她的天空就會因此而遼闊。在她自己的陣地上，她一個人

就要像一支隊伍，而這支獨立的隊伍，將會帶著對自由的終極嚮往，實現她一個個或大或小的夢想。

　　班其腳步明確地走向自己的小白車，咬咬牙，發動車子，駛向家的方向。她要集中精力，應對高而堅硬的井壁，想盡一切辦法，從井裏跳出來。

　　　　上帝，我從前一直戰戰兢兢地認真打牌，自覺沒有錯過。
　　　　但這次，即便我打錯了，那也是你發牌時發錯了，因為你終於給了我一張牌，它是：自由。

　　　　　　　　　　　　　　　　　　　　　　　　　（2011）

2010的碎片

Day 1

好好地洗了個熱水澡。

滿浴室籠罩著水蒸氣。鏡子被蒙住了。

我用換下的髒衣服擦鏡子，隱隱約約能看見自己赤身裸體地站在面前。

「老了。」四目相對之下，我對鏡子裏的我說。即便是在隱約中也能瞭解。

我琢磨著，千年前，或者更早，人們是無法看清楚自己的，也無法對視自己的眼睛，除非到水邊去，還得在不能有風有雨的日子，於是，那時候的人們很純淨，精神上的一種乾淨。後來終於發明了鏡子，而這發明終於毒害了人類的靈魂。

今天是我的個人畫展開幕。在雪梨的一家小而新的畫廊。來了很多人，很多認識我和不認識我的這邊的朋友們。

熱熱鬧鬧的，大家似乎都很開心。

可我不知道他們是為什麼而來，他們自顧自地聊天，喝酒，調情，互贈禮物。似乎是他們的一個什麼PARTY，和我的畫展全無關係。

和我沒關係。

總的感覺就是這樣。

　　試想：假如有一天我被火車或汽車撞倒了，在送葬的日子裏又是暴雨瓢潑，他們這些覺得認識我的人，也許會稍稍感到有那麼一點的不安。

　　所有的關係就是這樣而已。

　　我住在一對朋友家。這不是我正常的狀態。我出門是從來不住別人家的，找個旅館自己住，安靜愜意。

　　可今天和他們倆上了山，住在他們山中的別墅裏。就因為我好奇他們那專業的音響制做室，和三千多張的唱片收藏，好奇他們擁有的六十多輛老爺車。

　　好奇心讓我做出了常規以外的事情，自然也就體會了一些常規狀態下無法體會的感覺。

　　上山的時候已經天黑。車燈在樹林間的山路上劃出一個光的隧道，如同在往一個神秘的山洞裏開去。洞裏，蜿蜒，盤環，四旁的漆黑是視線的牆壁。感覺在進入另一段時間的世界，不是過去現在將來的時態，是虛擬。

　　於是，我坐在別人的家裏，坐在山的心臟的位置，寫下一些話。
　　寫下的，就是永恆的了，就和這山的心臟一起跳動了。

Day 2

　　挑出一盤蘇格蘭民間女歌手愛迪瑞德的歌，仔細地放在老唱機的轉盤上。調好唱針，放下。

　　黑暗中，開始了一個女性傾訴的旋律，柔和性感地觸摸著你的心。像冬天裏的陽光溫暖地照著裸露的肢體躺在綠色的草坡上。

　　她唱：人們在說，好美的一個星期天。沏上一壺沒有咖啡因的茶，端出新烤的麵包片，塗上黃油，我們享受著下午茶。冬天成了往事，小鳥在林間唱著夏天的歌，萬物都快樂，連同離我而去的真愛……

　　聽著歌，我在翻看陳年的筆記。

　　看自己以前的東西，就像又回到當時的感受中。太多的記憶竟還那麼強烈，這令我自己也吃驚。

　　原以為自己的心理承受能力已經練得相當有水平，刀槍不入，卻如今又被自己的文字所打破。好像一首很老很老的情歌，不唱了幾十年，突然在全然不經意中聽到，那情那景，洪荒般湧上來，搞得自己措手不及。曾經的尷尬，曾經的荒唐，曾經的幼稚，曾經的無所依靠，曾經的異想天開，曾經的……如此年輕！

　　年輕，其本身就是本錢，無論真假，都輸得起。

　　老了，倒不是真實的東西越來越少，而是竟然不敢承認什麼是真的。因為不想傷筋動骨了，真又怎樣，假又如何？不去面對是最安全的。

　　我常常能記住在十五二十年前第一次聽到的一首歌一段曲，記住當時的所有場面，所有細節，天空的顏色，周圍的氣味，桌子上的煙灰缸。可卻記不清身邊和我一同聽歌的人的面孔。

　　於是對自己說：記不住的肯定是不重要的。

　　那麼，記得住的就很重要嗎？

　　比如一個早上，一條古舊的小路。

　　看著世界盃足球，會記得自己憎惡不愛足球的男性。在北大上大三時有過一個哲學系的男朋友是校隊的守門員。那時北大校足挺臭的，在高校甲級隊的邊緣上上下下。

　　接著記起那時的我，在校藝術體操隊練繩，圈，球，和徒手，我最擅長圈操。早起晨練都在北大的五四操場。冬天的時候天還是黑的，天寒地凍，哈著一長串白氣，穿著大毛衣和緊身褲，盤上頭髮進行體能訓練。記得那時候一出宿舍樓就拚命跑，跑出了汗就不知道冷了。

　　記起大學的故事就會記起初戀，記起十七歲時愛上的那個人，如火如荼地大概兩年，然後初戀結束。有一句話，說「女人只有在第一次戀愛時是在愛對方，之後，就只是對戀愛本身感興趣了」。偏頗，但不無道理。

　　又記起在上大二的那個暑假，我和三個朋友去敦煌。他們水土不服拉肚子，只有我蹦蹦跳跳什麼事都沒有。我們住在兩塊五毛錢一天的小旅店裏。我用「公款」買了兩瓶叫「林邛」的烈性白酒回來，說，喝點酒就不拉了。於是，晚上我們就喝。然後每個人講自己初戀的故事。然後分男女兩撥兒，分別打了兩盆熱水鎖上門洗澡。男生洗的時候，我在院子裏看星星。那個沙漠中的小城，安靜到你把聲線降到最低還嫌吵。後來，我們都靠在一起，坐在院子裏唱歌兒，是羅大佑的「亞細亞的孤兒」。

　　還記起我小時候的北大，那真的是個諾亞方舟，獨立王國。校園裏什麼都有，從精神的到物質的。校園本身就是個大公園，承襲

了中國文化最深厚的底蘊，湖光塔影，飛簷紅牆，誰也比不了！鄰居的清華也被我們瞧不起，因為校園不如我們的漂亮。外面考進北大的學生最恨我們這些北大子弟，但也最想找我們「聯姻」，因為心底存在的崇敬。北大的精神不是培養出來的，是從她的每個角落釋放出來而感染著吸引著只屬於這種精神的人的。可也並不是每個生活其中的人都會有所感悟。小時候騎著車在校園裏來來去去，熟悉她每一寸土地，每一幢教學樓，每一個商店，每一塊綠地每一棵樹，每個食堂的賣飯師傅。養蠶的季節滿校園摘桑葉，養兔子的季節滿校園挖兔草。那是我的家園。有我的冰場，我的游泳池，我的體操館，芭蕾練功廳，水塔，石船，湖心島，偷蘋果的果園，偷看死屍的化學樓，抓青蛙的荷花塘。

我的所有浪漫的夢想和童話般的心願都從那裏起步。

當然，所有的偏執，也被養成了。

記起這個就串到那個，然後就被一張無形的網罩住了。

偉大的憂鬱。

但我知道，在這所迷宮裏的我，才是真正的我。

Day 3

有一種感覺，好像我的寫作就像是我現實生活中生命能量的一個出口。我會把很多自己的情愛抒發進去，不再孤獨。只要我寫著，不停筆，愛就不會消逝。像杜拉思所說：「情人，不重要。愛是永存的，哪怕沒有情人，重要的是，要有對愛情的一種癖好與癡狂。」

曾經我愛過的一個男人在離開我準備和別的女人結婚時對我說過：「你是個很獨立的女孩，離了誰你都照舊走你的路。'她'卻不一樣……」於是我咬牙沒說一句挽留他的話。那時雖然我還小，但我也還是明白我的一生都將要「獨立」，都將要「不在乎」。

後來多少年過去了，又明白了一點：這樣做竟是如此孤獨。我未必處在多「高」的位置，但卻真的是「不勝寒」！

在黃昏降臨的融融暮色裏，我喜歡駐立窗前眺望無限的遠方。有一種旋律會漸漸升起，帶著我的意識指向那些只存在於虛構中的國度和鄉村。

我有一段時間愛上了負重的長途走路，獨自一人，背上沉重的行裝，拄著一根粗粗的木棍，靜靜地去走山路。不為什麼，只想把自己浸在沉默中，浸在純自然的狀態裏。仰頭看到太陽從參天的樹林間射下幾道光柱照在身上，無比歡愉。

有過幾次經驗。第一次是十幾年前了，我以為我不會再走回來，或者應該說：原本就沒想走回來。可吃完帶的東西，喝光了水，自己又很坦然自若地往回走了。在紐西蘭時也有過一次，但心情比第一次好很多，是為了看山和看水。現在我住的這個區就在墨爾本東北方向的山角下，如果往山上走能走很遠，有一條溪流盤山而來，路也很有意思。只是，我的膽子還不夠大，不敢自己在外搭帳篷過夜，每次天黑前就回來了。

有一次帶孩子們到山中行走。在路上遇到一個人，是Backpacker，應該走過很遠的路了，看她的行囊就知道。我們正坐在樹下休息，喝水，她走過來，彼此相視笑笑。女兒問「你不一起坐下來休息嗎」，她說「我再走一個小時再休息」。我知道，她一

個小時之後的地方應該是山頂的鎮子了，那邊有家小小的加油站，還有間麵包店，大路邊是幢百年的老樓，樓下有餐廳樓上是旅店，樓前有個紅色的舊式郵箱，已經不再使用了。

一個人走路的感覺真好。

多年前還看過一部記實性電影，叫《Into the Wild》。講一個厭倦城市，厭倦商業，厭倦家庭束縛的男孩，大學剛一畢業就獨自走進原始森林，決定重歸自然地生活的故事。最後他誤食了有毒的果子，死了。

我想我懂得影片中的他為什麼離開一個又一個那麼關愛他的人，我也懂得，其實他最後的死就是現實中如果想永遠走在「路上」的人們都將面臨的結局。

但，在路上你所能得到的，是所有不上「路」的人根本看不見，也根本體會不出的真實生命。

只有人類在同自然界相融合的時候才是最聰明的時候。

後來，朋友對我說：他不過在逃避人類社會，逃避人與人之間的不良關係。離開家人是要擺脫家人對他的規範。他的在‘路上’，其實還是在人性的自然中，在逃避之中。

他說：我們東方人對‘在路上’的理念與白人是不同的。我們上路離不開社會，離不開人間情感。我們追求的豐富，是人文精神上的。

他還指出：人類，已經不可能重新融入自然了。就像說：圖騰時代的早期，人類以自然為圖騰，與自然是融合的。當人類以祖先和部族英雄為圖騰象徵的時候，就完成了從‘天道’到‘人道’的轉變過程，從此就不可能再有真實意義上的重返自然了。

　　片中的男孩Chris死的時候才二十三，四歲，很幸福，也很蒼白。他還不能理解人倫和諧的美麗，也就還沒有人際之間的煩惱。人離不開社會，片中那個老人用人倫的美麗沒有挽留住他，他最終竟是被大自然的自然果實毒殺了，死前他的悔恨沒人知道。

　　人類的所有期待都寄託在生命上，沒有了生命，哪有融入自然的享受？

　　我之後想：是啊，人類是的確不可能有真正意義上的重返自然了。就像影片中，他射殺了一頭野鹿，卻無法像狼一樣真正享受帶著蛆的生肉。

　　但，我的嚮往，是他途中所遇所見的心存美好的善良的人們和村落。這些，才是真正能給人以生命意義的經歷。哪怕陌生，哪怕只是微笑。

　　Chris想逃避的也不過是人之醜惡的一面。但他沒能理解人世間美好的感情和事物的真正價值。

　　他的難得在於，他可以如此年輕就懂得拒絕誘惑：父母準備給他的畢業禮物，一輛新車，他可以說「我不需要」，可以說他的老車「足夠好了，對我已經很完美」。他可以看輕世俗的金錢和名譽，儘管他畢業於哈佛大學。

　　如今的社會，且不要說年輕人，就是成年人，又有幾個能夠抗拒紅塵世俗的誘惑而甘於自然平淡呢（且不說對自然的嚮往了）！

　　我曾經寫過：逃避也是一種正常的生存方式。

　　他所執著的精神是很了不起的。讓我想起那本《了不起的蓋茨比》。

任何人都有其了不起的內在因素，只看他表現在了什麼地方。

一條船的存在，人們都覺得是為了航行，但它的真正目的，應該是：抵達港灣。

Day 4

有人給我發來郵件，抄錄了一段話：

> 如果相遇，你會感到相知，那麼，有一種習慣，叫做陪伴。
> 如果陪伴，你會感到珍惜，那麼，有一種甜蜜，叫做存在。
> 如果存在，你會感到壓力，那麼，有一種善良，叫做離開。
> 如果離開，你會感到放鬆，那麼，有一種勇敢，叫做放棄。

我一直拿著相機在抓拍路過的陌生的小人物，還有周圍普通的朋友們。

拍攝，是一種無聲和沉默的工作，和時光搶瞬間，在探求中，在收集中。

可，看過那麼多的人，仍是不能明白生活意義的所在，只是對著普普通通的人群和生命抱有盛大而充沛的情意。

人，在宇宙天體間，自生自滅著，和所有星球一樣，這個過程是不用傾注任何感情的。自己生活在自己的深淵裏，傷感與回憶都不過是自己的事。

上面那段話究竟是說給怎樣的人怎樣的事去聽，我終是疑惑著。

我喜歡拍人，我的照片，常常能抓拍到人們生命軌道中的瞬間

真實。看著，總是覺得那是他們自己的世界，歡笑，沉思，驚歎，無所適從，任何一種表情的流露都是別人觸碰不得的。

這令我感到莫大的宿命。

人與人，真的會相知嗎？

倒是從相遇直接走到放棄比較輕易，中間的感情，不過是邂逅的意義。

煙花盛放之後的慘澹黑暗，才是自己要真實面對的世界。

夕陽西下的時候正在La Pochita吃飯。面對著玻璃窗，看著樹和山坡都被染上淡淡的紅，心裏有種喜悅。並不知道未來會是怎樣，但每天都能看到太陽以各種不同的顏色落山，也未嘗不是一種快樂。

從小就喜歡夕陽，那時站在家裏的陽臺可以望見北京的西山。日落的時候最美，媽媽在廚房做飯，爸爸在廳裏看報紙，姊姊在樓下和朋友們聊天。那時候還沒有那麼多的電視節目可看，也沒有那麼多的電子產品可玩兒，所有的娛樂都得在自然界中自己尋找。看落日對於小小的我，已然像種儀式了，沒有任何念頭想法，只是看。有時能扒著陽臺的欄杆，探出頭面向西，看上很久很久，直到天暗下去，然後回到晚飯的飯桌上，告訴大家今天西山的顏色。

我喜歡簡簡單單的生活，複雜的東西令我害怕。

由於喜歡跟自然，動物，甚至機械打交道，跟人溝通的能力就降到了弱智的程度。選擇寫作，繪畫，攝影，都是因其工作屬性均在「獨立作戰」的範疇，自我掌控，只經營自己的內心天地。

經常在傍晚時分，做一會兒花園中的活兒。

喜歡掌類的植物。尤其喜歡把那些長瘋了的仙人掌掰下來，分一分，種在另一小塊土地裏，排成一排，看著挺可愛，也相信都能活得很好。然後澆水，把整個小院子都衝衝。順便把自己的鞋脫下來，光著腳踩在泥土裏，也沖個舒服。

若要閒散簡單地生活，就不能渴望獲得別人評價中的成就。

這是選擇的問題，也就是選擇內心世界簡單與複雜的問題。

所以，每隔一段時間我會非常專注地整理一下花園，不是為享受，只是為借此衡量一下自己的內心是不是平靜的。

我喜歡看的《國家地理》雜誌這一次寄來了兩期，正在閱讀。都是大事件：墨西哥邊界，印尼的火山，冬天登西瑪拉亞什麼的，儘管和我距離很遠，但讀著心中有嚮往。

有一篇文章講日本兩個詩人，相隔近四百年，步行同一條環遊日本島的一千二百公里長的路線，前者留下了詩歌和書，後者留下了詩歌和書和上千幅攝影作品。

我還看《澳洲地理》，那是季刊。有很多我感興趣的澳洲動物，植物，地理風貌，人文景觀的介紹。

有過一篇，講一個維多利亞省偏遠的，高路必經的小鎮子，有一個路邊的小飲食店，現在是很有名的不再做傳統油膩食物（Junk Food）而改做健康的家廚食品的「先驅」。

男主人原先是長途卡車司機，經常路過這裏，愛上了這家店主的女兒。結了婚，留了下來。老店主把店交給了他倆，自己專營後面的山羊農場去了。他們倆經營兩年後決定「改革」，用父母農場的Organic有機蔬菜水果和乳製品來進行Homemade即食食品出售。開始時，受到了來自當地居民和長途司機們的大肆抱怨，但堅持一

年後，大家對他們的食品讚不絕口。

　　文章所配的照片非常可愛，夫婦倆抱著他們的小兒子，那來自昆士蘭的城裏丈夫長得可醜了，鄉下女子倒很水靈。

　　家裏山下的Volumn是家有名的咖啡廳。前陣子喝咖啡的時候和店主，一個希臘人，Jim聊天，他把店已經賣了，賣給一個義大利人，因為家庭的變故，他和相處了二十五年的女友分手。他說，不想再做什麼生意了，以前做，是為了女友，現在分了，就做回自己吧。他決定先周遊世界一圈，從紐西蘭到南美北美到歐洲，回希臘看看，去挪威，最後下非洲。他說，這一圈走完了他的一生也就差不多踏實了，他會回到附近買個小農場，種菜。閒時寫點他一生的故事，給希臘人看，那裏很多地方現在還挺窮挺封閉的。

　　簡單，意味著擺脫。需要內心的強大的定力。
　　而「簡單生活」不是目的只是手段，是可以令人身心都能達到真正獨立的意義，能達到真正思索真止沉靜的反省生活。

　　有個朋友懇切地勸導那些經濟危機中的「房奴」：「該賣房就賣房，解脫自己。中國人總說賣了房就像賣了家，其實，房子只是房子，房子不是家！房子底下罩著的是陰影，生活的無奈。人，才是家。自己就是自己的家。住在哪兒，只要人是精神的，家就是精神的。但房子絕不是家。」

Day 5

　　「漢語有5000年的歷史，商朝的甲骨文我們都知道，是三、

四千年以前的書面文字。還有更早的獸骨文，比甲骨又早了1000年。從中國獸骨文時代往後推3000年，羅馬帝國的凱薩大帝在英倫三島登陸，當時英倫三島上的居民講的不是英語，換句話說，據今2000年前的世界上，還不存在英文。那時相當於中國的西漢，中文司馬遷的《史記》都出版了。之後又過了500年，英倫三島上才出現英文，極少人使用。此時是中國的魏晉時期，這時漢語已經歷了《詩經》、《楚辭》、漢賦等輝煌階段。魏晉流行的是玄學，用老莊的思想解析《易經》。此時中文無論從文學上、哲學上都已達到出神入化的境界。而後又過了1000年英文才逐漸興盛起來，是莎士比亞把英文推到輝煌，英文成為英倫三島的國語。時間在16世紀末。這時中國已經是清朝，中文又經歷了唐詩、宋詞和元明的戲曲，明清的傳奇小說等輝煌歷程。《金瓶梅》、《紅樓夢》都問世了。文學已從上流社會的廳堂走入民間，為大眾服務了。」

這段話，是一個朋友寫下的，他是個明史博士，喜歡「頂尖作業」。他對中國浩瀚歷史的崇敬常常讓我汗顏，因為，我始終以為，太多歷史的沉積，會使一個族群固執得像個老頭兒，越老越不寬容，越老越自命不凡。

但，當然，我不會把這些話說出來。

我只相信現實生活展現給我的真實的力量和思想的自由。

那天我去車行修車，同老闆Chris和Alex聊得甚歡。回來很感觸：

Chris和Alex的這家車行開了二十五年了，兩個人的合作關係從始至終都非常好，既是生意夥伴，又是生活中最好的朋友。他們固然有不少工作中的爭執，但下了班還是一起喝酒的搭檔。

可這種良性的合作關係為什麼在我們中國人之間很少見到？

　　從文化的角度上講，合作意識是產生於平等意識的。沒有獨立，便沒有平等。而沒有自由，也就沒有獨立。

　　我常感覺：平等的意識，更重要過自由的意識。

　　一百年前的英國，不僅僅是文人學者，即便是普通的英國百姓，已經具有自由與平等的最基本素質。當時的英國，文人學者是走在時代最前面的，他們的作品（通俗文化，時尚文化，文學作品，理論著作）所產生的面向大眾的呼籲，對那個時代的影響，對平民百姓，對礦工階層的影響，不亞於宗教。

　　在一本關於英國歷史的書中讀到過這樣一句話：「沒有任何一個民族把它的過去如此完整地帶入了現代生活。歷史的聯想對於他們絕不是在重大場合下進行修辭的參考，而是英國人做任何一件事都不能須臾離開的東西。歷史的聯想影響著英國人關於這個民族生活賴以建立的權利和義務的概念。」

　　這句話很感動我，如果我們中國人也能如此，並不簡單地把歷史當成旗幟來揮舞，那則會比現在腳踏實地得多。

　　也許在中國，自古始終有著對知識的崇尚，但對比著英國當時的狀態而言，對知識的崇尚和知識份子敢於承擔社會己任不是一回事。

　　社會賦予知識給這些文人學者們，如果他們躲在看不見的象牙塔裡悶頭「做」學問，對社會不聞不問，或像市民一樣去追逐錢財名利，何來如宗教般的對社會的公正呼籲，何來文藝復興般的文化改革？

　　這是一個關於中國知識份子的老話題了。

　　前些時日，中國的國學大師，季羨林老先生去世了。

他的去世，有些難以名狀。好像是那種：既然欲言不能，就索性永遠緘默的狀態。這讓我回憶起我的父親。

我父親曾經是季羨林的關門弟子。

弟子，竟也承傳了導師的命運。

當年的北大，研究梵文巴厘文的，季先生之下就是金克木，然後就是我父親。

直到八四年，才招了六個新生，結果，四個離開了這行。剩下的兩個，錢文忠和劉楊（？記不住了）現在成了文化商人。

三個老人都走了。一個時代結束了。

我爸爸師從季先生十幾年。在文革當中，因沒有項目和課題可做，我爸爸決定研究南傳佛教。去和下了「台」的導師季先生商量，季先生說必得攻克「梵文」和「巴厘文」。

於是從七一年到八五年，季先生在家裏私下單獨教授我爸爸。

文革結束後，東語系打出的國際性課題就是佛學，用的大都是我爸爸的研究成果和論文，可卻不署我爸爸的名字。爸爸說，算了，反正研究出來就是為了傳播的，誰出去講都一樣。

可，兩三年以後卻不一樣了，那些人升了職，出了書。美國的研究機構看到過我爸爸的論文，到中國點名要見我爸爸，幾次三番請他出國講學，系裏都給壓了下來，讓別的什麼人出國用我爸爸的論文演講。在季先生的一再申明下，系裏才舉辦了三屆全國性的佛學講習班，由我爸爸執教。各名牌大學的新老教授們都對我爸爸的課程反映甚好。但系裏不敢再辦下去，怕我爸爸名聲在外。當年包括復旦大學在內的三所有佛學研究的大學都曾以優厚的條件高薪聘我爸爸去研究執教，東語系卻死活不放人。

直到八四年，系裏才在季先生的推薦下，把我爸爸從副教授提

升到教授。

　　八六年，我爸爸正是很灰心的時候，政協來調他走。政協是中央高一級單位，北大不能不放的。也是和季先生商量後，我爸爸決定離開北大，調到政協的全國致公黨中央工作。當時金克木也還健在，也勸我爸爸離開東語系。

　　就這樣，我爸爸在走之前，幾乎是把自己的全部研究成果（論文和手稿）交給了季先生，等於交給了東語系，默默無聞地走了。

　　這就是中國幾千年文明所造就的對待知識和知識份子的社會面孔。「自殘不息」。一旦知識變成了慾望的工具，社會便由此喪失了公正與平等。

　　是不能在中國談「公平」二字的。這是我爸爸告訴我的話。

　　他還說：古印度瑜伽經文中曾講道，致力於美的創造是嚴肅的事，是保持自尊的手段，不見得這是在逃避現實，反而是抓住現實的手段。然而，在中國，致力於美，是不存在可能性的。

Day 6

　　星期天的早上，昏沉沉地被蒸汽火車的汽笛吵醒。

　　才想起來是Hurstbridge一年一度的Festival。

　　百年的蒸汽火車每到這一天就被修復一新開出來逛一天。從Hurstbridge到Eltham，來來回回地每一小時跑上一趟。

　　黑黑的車頭描著紅字金字，五節老式車廂磚紅色的木結構。車輪帶著傳動杆，一路響著雄渾的汽笛，拉著白煙，從山裏開來，再開回山裏。

　　大人孩子們靠在沒有玻璃的車窗欄上興高采烈地對著外面的行人車輛雞狗牛羊不停地揮手。

　　看著就溫暖，懷舊的情感。

　　我喜歡我們Local的風格，我也在變得越來越Local了。

　　我想我有一個很優越的條件使得我那麼熱中遊歷，就是我可以跟，也喜歡跟任何不認識的人交談聊天，我不怕陌生的環境，反而樂得其所。

　　可我對熟悉的人卻經常無話可說。也許是因為他們引不起我的好奇吧。

　　前兩個星期我遇見了五年多沒見的舊友，她們在街上見到我媽媽，就引出了我。

　　一起吃了頓飯。說了很多無聊的話。

　　她們對我的評論就是「你越來越Local了，現在」。意思是：很澳土。

　　是啊，關注的事物太大不同了嘛。她們是中國圈兒裏的太太們，連做義工都只是在中國社區裏。二十年下來英文沒個長進，倒是對圈兒裏的家家戶戶知曉得一清二楚，評說起來手腳並用七情上面的。

　　她們還邀請我媽媽去她們社區的老人會，我給謝絕了。

　　非我同類，敬而遠之。

　　人說「沉默是金」。可很多時候，沉默不是什麼金不金的問題，而是面對的世俗之人之事，由不得你說話辯解，更不想降低自己的尊嚴。

　　從很小，就知道心裏再委屈，身邊也從來沒有可以傾訴的對象，就算是父母，就算是後來一個個心愛的男人們，也常常遭到曲解。

　　時間久了，就習慣不說了，閉上嘴的效果是令自己終於能平淡面對一切流言。

　　原來，人與人之間的交流，語言竟是最低檔次的！

　　成熟以後，我開始有了和陌生人說話的興趣，不存在彼此的過往歷史，放鬆自在，充滿驚奇。

　　世界還是可愛的。就像每每開車經過大大小小的不同城鎮鄉村，看到那些街道拐角的酒吧咖啡，古老的建築帶著溫暖，心下總是充滿一份浪漫。

　　我相信一句話：一個人的生活質量取決於其精神思想的質量。

　　精神不倒，生活就總有希望和快樂。

　　快樂又是什麼？秘訣是：找出你真正喜愛做的事，接著全心全意地去做。

　　於是，身邊的一切消極因素就都淡化了。

　　去看了場電影《The Soloist》，講一個音樂天才在音樂世界走火入魔，成為無家可歸的流浪漢，一個記者追蹤他，盡一切努力企圖讓他重登舞臺，但最終沒有成功的故事。很蒼涼無奈。

　　好片子，音樂好，攝影好，手法現代。兩個主要男演員都是好萊塢大牌。

　　可，說不出來什麼地方不很到位，欠著那麼一點點的感覺。

　　這一個月來看了幾部，都不很被touch，還在等著好片的出現。

有一部《Ingenorous Bastard》，Brad Pitt主演的二戰德國納粹的戰爭片挺有意思。殘酷的戰爭表現得不僅帶有人情味，而且兼具強烈的幽默感，拍得有突破。

澳洲片《Beautiful Kate》女主角美得讓我想當同性戀。

我對澳洲電影感覺很好，儘管是小製作，可表現人性很到位，故事通常出奇制勝的。只可惜，導演也好演員也好，出鏡剛一展露點才氣就都跑好萊塢去了。

澳洲電影業資金不夠，留不住人才。但澳洲這塊土地，真是生產藝術人才的地方！

電影《A Boy in Striped Pjymas》是我非常喜歡的。

講二戰時期德國一個軍官家庭的故事。八歲的男孩隨全家離開柏林離開朋友們去到一個偏僻的鄉村，住在一所被警衛重重把守的有個巨大的後院的大房子裏，很寂寞。他忍不住總偷偷跑到後院遠遠的鐵絲網的籬笆那兒，看對面猶太人的集中營（他自己並不知道），結識了一個猶太小孩，和他同齡。倆人常常隔著鐵絲網聊天。孩子們完全不明白世界是怎麼回事。最後，在男孩的媽媽終於知道了自己的丈夫竟然就在隔壁擔任用猶太人做生物實驗的工作時，決定帶孩子離開那個恐怖的地方。可，她的寶貝兒子卻因好奇，鑽入了集中營，和小夥伴一起被混在猶太人中趕入鐵屋子，充當了他父親細菌實驗的犧牲品。最後的鏡頭：兩個孩子被命令脫光了衣服和上百個赤身裸體的猶太人擠在一起，他們仰起頭，恐懼地睜大藍色的眼睛，看著上帝。驟然間，燈滅了，一片黑暗，一片哭喊！

還有法國片子《The Secret of Grain》。

這是一部很好的家庭片，講在法國的中東移民家庭的故事。

瑣碎的艱辛的日子，一個土爾其移民的大家庭，父親養大了五個子女，離婚了；他的情人是個開小旅館的土爾其女人帶著個漂亮的大女兒。每個孩子都很懂事。老爸自己買了一條報廢的船，準備開一家船上餐館。在開業的這一天，所有的孩子們和前妻和情人都為他忙碌。最終出了問題，老爸死了，沒有人知道，宴會還在隆重地進行下去。

整個影片都是短鏡頭，幾乎沒有長鏡頭，非常生活，就像是用家用攝像機拍出來的。對話極多，鏡頭銜接精彩現代，演員在如此近的鏡頭前表演分外真切。法國的下層移民的市井生活展現得很淋漓。被評為年度內的法國最精彩的影片。

又換回澳洲自己的一部片子《The Black Balloon》。

普普通通，講的是一個普通家庭的普通生活，卻，感人至深。父親是當兵的，任勞任怨地養活一家人。全家隨父親剛移居到昆士蘭的一個小城市。母親是一個能幹的家庭婦女，正懷孕。大兒子是個殘疾，弱智，十七八歲只會咿呀叫喚，智力如兩歲幼童，全家人都得每天圍著他轉。

二兒子是片中主角，一個十六歲的男孩，文弱內向，每天面對如此混亂嘈雜的家庭，面對新班級同學的欺負，深覺壓抑，他憎恨有這麼個兄弟，可又愛他，盡心地照顧他。後來，班上一個女孩子對他很好，來到家中，成為了一個積極的生活因素。

母親最後又生下了一個小女兒。

生活永遠地繼續下去著，無論什麼樣的狀態已經發生或將會發生，普通的人們都會頑強地面對，頑強地生活。

　　片中有幾處細節的處理真是感人，演員的分寸把握得相當好。看來這個男孩又要去好萊塢了。不是什麼大片，成本很低的拍攝，全部以劇情取勝。不錯的一部人文片。澳洲人自己的生活，讓人感到很熟悉很親切，就像講述個身邊的故事

　　我看的這種小製作影片太多了，歐洲各國的，澳洲的，僅僅拍攝手法和人物對話已經足以令人感動，沒什麼渲染。

　　而中國的「大」片們，紅紅綠綠，大場面渲染到極至，卻沒有讓人心動的內容。也看過中國年輕導演的探索片，小片，常常Boring得一塌糊塗，一個沉思鏡頭能耗上一分多鍾，鏡頭都不切換角度，對話少得可憐，盡是抒情的長鏡頭。

　　看來還是中國那些導演們看得太少，不然，學也學來了。如果導演的思路狹窄，影片就會變得孤芳自賞了，有手淫之嫌。

　　但，如果讓我來拍，我又會以什麼樣的角度表現自己的東西呢？

　　枯黃的山坡曠野之中，一間紅磚的古舊咖啡廳坐落在坡頂，幾個老人握著杯子，面對著山野喝著聊著，近在五十米外，一棵茂盛的大樹下，兩個年輕人在緊張地站著做愛。片子的主題就是：You love, you die.

Day 7

買畫布和顏色。

然後和孩子們在圖書館呆了兩三個小時，各自看各自的書。

大雨下著，縮在角落靠窗的沙發裏，很舒服。

　　我翻閱雜誌和畫冊，隨手畫下些資料。圖書館是我自少年時代就知道的最好的藏身之處，走到哪兒都少不了找到個哪怕是小小的圖書館才踏實。

　　結果回來做飯就晚了。吃完收拾完，已經九點。感覺疲勞。

　　我還在做著屢屢失敗的嘗試，就像在等著什麼人相約而來，有點不自信了，努力地等，可會不會來？剛才洗筆的時候顏色弄了一身，很不高興！

　　雨一直在下，真是好。

　　在圖書館時遇見過Lucy，一個老太太，她很誇張地對我說：你相信嗎，我們見到水了！我們需要它下上一年！

　　我乾笑了一下，心說：老天爺不會讓你渴死的，他知道調節！倒是人類永遠在做違背自然的舉動！讓雨下一年？你家早被淹了！

　　她家住在那條小河的邊上，幾年前曾有過一個冬天雨大，河水滿上來，她家院裏成了沼澤。

　　人老了，記性兒不好！

　　今天徹底收拾夏天的衣服換冬裝，整理出一大堆要捐的衣服。孩子們穿不了的和我自己不想穿了的。

　　被妞妞翻出我的首飾，她拿著玩。我想了想，找出一個純金的戒指試著又戴上，竟然忘記了應該戴哪個手指。肯定不是無名指，那是已婚的。另外三個（除了大拇指），怎麼也弄不清。

　　這個戒指其實是根小小的金條，我出國的時候媽媽給我的，說，隨便你願意打個什麼就打著玩吧。結果我懶，直接把它繞在手指上了，正好兩圈，挺好看的，全無加工痕跡的效果。

記得一直是繞在中指上。我的「婚姻」狀態就從沒變過，看來現在還得繞在中指，就是那個rude finger。

曾經那麼漂亮的手指現在實在「不忍目睹」。老了，還是嫁不出去。戴來戴去，還是只有媽媽送的。

以前也曾經被男人送過不少金戒的，還有不錯的鑽的，分手的時候忙不迭地還給人家，生怕被人說占了別人的便宜。

有一個還很鄭重地在香港定做，刻上了兩個人的名字，還給他時他不要，說留個紀念，我笑：「別怕！那名字是可以重刻的，還是你留著，刻上下一任情人或太太的名字吧，省得多花一筆錢。可不是每一個女人都像我一樣不拜金的啊！」

唉，死到臨頭了都嘴不饒人，活該被休！

我平時並不戴首飾，喜歡光溜溜地露著胳膊脖子和手指，舒服也自然。

但我喜歡首飾，喜歡加工少的那種純銀和純金的素環，尤其喜歡粗粗的純銀的手鐲。純的東西是不帶刺眼的光澤的，烏烏的色澤，貨真價實卻又低調，不像那些被做過摻了假的，亮得讓人討厭。

這樣的任性，就有如出了軌的火車，長而悲！

我是一直在用很多種方式嘗試著，想讓自己看上去和旁人一樣幸福，或者說讓自己感到和別人認為的一樣幸福。

抬頭看時，天空明靜，雲朵金紅。

生活就以這麼種單調而純粹的狀態維持著，即使心懷恐懼和疑惑，就如同把做愛的感覺和健身的感覺等同，或和去小店吃宵夜的

感覺等同。

因著下雨，Eltham從中午一點半到夜裏十二點整，全方位停電。

天黑了。我把我的九隻大蠟燭全部點燃，昏黃中浪漫得不得了！

兒子的IPod是用電池的，放了一晚上他喜歡的音樂（我頭一次聽他自己的IPod，很不錯的音樂選擇眼光）。

我是用涮羊肉的小煤氣爐做的飯（正常爐子是用電的）。

反正沒事可以做，便好好做了頓飯，都是他倆愛吃的。和孩子們燭光晚餐，他們覺得很新鮮，興奮得不停地說話。

然後，在蠟燭下看畫冊，也只能看畫冊。才明白為什麼那些兩個世紀前的畫都是暗暗的調子：因為沒有燈，在燭光下畫出來的！就像荷蘭畫派的靜物，全是燭光的效果。後人還學呢！先把燈都關了吧！

正在看高更的時候來電了，Tahiti島的顏色突然地跳了出來，真精彩！

後來上了電腦看信，一個女友信上聊她的偶遇：

「那天遇到一位很談得來的女醫生，問我生活中遭遇什麼事會讓你覺得閃閃發光？

女醫生說她有過從軍的經驗，而軍旅生活和為‘革命’的那段日子，讓她有過這種感受。

她的發光是‘大我’的偉大。

而我想了一會兒，然後告訴她，我覺得自己發光都是在一種十分私密的情況下，

譬如讀懂一種顛覆了我原來思維模式的言論，

譬如寫出了一篇靈明乍現而且順利完成的作品，

068

再譬如呢，和自己喜歡的男人上床……。

我的發光原來是如此'一廂情願'。

我問過一些朋友，有人竟然告訴我，這輩子因為凡事追求完美，所有經歷過的一切都沒有達到自己的要求，所以'從來就沒有閃亮發光的感覺'。」

讀了她的信覺得好玩兒，於是也自己琢磨「發光」的問題：

寫作是不會讓我發光，因為太辛苦。

寫完了，就覺得自己被耗盡了。即使有成就感，也補不足付出的精力。

畫畫的時候卻不同。如果真的畫出了自己的心願（有過一兩張），會得意得發點小光。

很年輕的時候在舞臺上，燈光之下，感到自己是發光的。確信無疑。

大了以後，和自己所愛的人駕車去自己夢想的地方，那一定是閃閃發光的，連日子也在發光，整條路上都是光，就連車子都是閃光的。

總的來說，我清楚了：對我，路途之上，發光的時候會很多。自信，充沛，也充滿想像的時空。

我還是喜歡「在路上」的感覺。

遠方，遠方倒底有多遠？為什麼那麼強烈地召喚著我？

有時候我會被那種「召喚」逼得要發瘋，看著雜誌都會淚流滿面，心裏被牽扯著疼痛著。

我是喜歡寫散文的，非常非常喜歡，就像站在山崖上看匍匐在

自己腳下的一幅一幅奢侈明亮的日子的畫面。不厭其煩地張望，佇立，回首。不在乎時間棄我而去。

而我的字沒有了那種召喚就肯定是蒼白的。

遠方有很多普通的人普通的故事，普通的山和水，和路。

我竟然那麼嚮往「普通」的遠方，一個別人都認為「什麼都不是什麼都沒有」的遠方。

Day 8

今天在想：其實，人為感情煩惱真是不值得原諒。

感情很奢侈。有些人可能一輩子也沒戀愛過，也過得妻兒成群富足安樂。感情就像花瓶兒裏的鮮花，再精心也無法保持永久生命力。只有精神是長存的。

而，人這一生即便會被形形色色的人來愛，做出某種選擇，卻也是生來注定。

如我，注定漂泊，因內心嚮往自由。自由和穩定是不可能二者兼而有之的。所以我做不出良家婦女的選擇。也是一種悲哀。（快樂的悲哀。）

但如果我還在中國沒有出來，我想我會選擇「盲婚」，就是由父母找一條件優越的，靠介紹，什麼都不付出，嫁了了事。自己成為一個政府公務員和舒適的家庭主婦，挺好。（這麼一想，天就塌下來了。）

我總對自己說：世界大得很，好玩兒的事物多得很，不要跟任何人較勁，任何人！包括自己！所以，看淡一切，說走就走。

曾經很愛過一個人，終還是放他走了，因為不相信好的東西永

遠不變質。如果把感情捏在手裏，整日地擔心，漸漸枯萎了的，肯定是自己。

後來開始攝影才發現：只有定格的快門一響，才能留住美好，直到永遠。

書攤兒的女子對我說，她原來和她弟弟感情非常好，後來因著她不喜歡弟弟再婚後的新太太，姊弟倆竟然斷了聯繫。她說怎麼親情比不上愛情！我說，過兩年可能會好點兒。她說，那也不會像以前了，他人都變了。我說，可惜。

但我心裏說：這是必然的啊，你不該再奢望你的弟弟退回從前。人隨著身邊的事物而改變，這是自然規律。你連這都不懂嗎？

我有時會經常與她說會兒話，她簡簡單單，家常裏短的故事挺多。

當然也為了買書時她給我打折。二十八她收我二十五，剩三塊錢買零食吃。

天熱的時候令人疲乏。渾身感覺漲起來了似的。

在家到處找也找不到可以不帶胸罩穿的裙子，那東西像個小背心兒，箍著挺熱的。年輕的時候喜歡直接穿了花花綠綠的彩色胸罩當背心兒，再裹一條短短的沙龍裙，就那麼穿著開了車滿處亂跑。其實那會的墨爾本可沒有現在這麼熱。有時徑直去海邊，涼涼的海水會給人快慰。那個年紀是在天上，從沒想要過點煙火的世俗生活。現在，是在地下，世俗生活老老小小地沉重著，飛不起來。這場面可遠遠超過了當年那個女孩的想像，於是時不時，又渴望飄蕩的日子。在唱K的時候，最愛趙傳的那首老歌「我想做一隻小小鳥」，使勁唱出「想要飛卻怎麼也飛不高」。

就是這麼種感覺。矛盾來矛盾去的，蹉跎了歲月。

不過，我依然認為，女人一定要有孩子，她會通過照顧自己孩子成長的過程而真正成熟，懂得愛，懂得愛護，懂得關愛，懂得奉獻和無償地付出。

女人需要這麼種完整才能健全精神，才敢更好地擔當自己。

就像：作為母親，你必須學會坦白。面對著孩子的眼睛，你不可以說謊。

然後你會漸漸習慣於坦白，在自己普通的生活中。

坦白，是人類全部需求中最為基本的一項，是自己的靈魂讓自己向外開放的基本需求。

可惜，不坦白地對人，不知道從什麼朝代起，早已經是成年人的擋箭牌了。

Day 9

我發現：在國內，人們在解決問題的時候都喜歡找朋友幫忙，重要的，不重要的。你的事情剛剛說出口，身邊的人馬上就給你列出幾個與此有關係的人，然後肯定地說「找他們沒問題」。完全不用你操心的樣子。

儘管其結果很有可能還不如你自己親自跑一趟辦得快。

國內的人際關係是高於一切的。

在澳洲，找人幫忙是件大事。每個人的時間都是生命，都是價值（不僅僅是價格的問題）。自我價值永遠高於一切。

曾經一次去Centre Link辦事。人很多，隊很長。裏面的辦事員

其實也很多，但都在聊天，叫得很慢。等的隊伍眼見著越來越長了。在我後面的一個小夥子突然忍不住了，站出來走到大廳，對著裏面所有的工作人員大喊：你們為什麼看不見這麼長的隊伍！你們難道不覺得這都是生命嗎！

我想說的不是他的什麼見義勇為，而是他把「生命」二字擺在了最前面！

我不習慣找別人幫忙，也不希望別人找我幫忙，在正常情況下。

這是實話。

成年人，都有自己處理問題的能力。自己解決自己的難題，不可以把問題再拋給別人，這是不負責任。

朋友說：偶爾近距離交往一些澳洲人，比如工廠裏的工友，學中文的同學，於是喜歡觀察他們。覺得自己很喜歡他們為人處事的方式，既有自我意識，也有公共意識。這把尺他們把握的非常恰當。而中國人衡量自我和公眾的這把尺是混亂的，沒有原則，濫用「人情」。可學好恰當運用這把尺太難，根本是對「人」這個詞的理解問題，一時間是解決不了的。

那麼就先好好面對自己。

只有先讓自己為人做事獨立起來，才能尊重別人的時間和勞動。

於是又想起另一種心理狀態：

一個朋友對我抱怨，他被通知說另一個不常見面但關係不錯的老朋友進醫院做手術了。他真是感到很沮喪。可，他沮喪的不是為朋友的進醫院，而是他自己不得不抽時間去探望！

　　諷刺的是，如果他不去看望病人，自己的心理又會覺得懊悔，過意不去。

　　我媽媽對我說過：現在，不要奢望別人雪中送碳，能為你錦上添花就不錯了！

　　大家各自奔忙，不打擾已是體諒。過年過節，能收到一個祝福的電話，已然是朋友為你的生活錦上添花。即便別人沒時間「添花」，不是還得做朋友嗎？不必在意。

　　朋友，說起來應該是種精神上的牽掛，並不時時想起，但又會無處不在的那種，應該是彼此都感到自由的那種，才對吧？

　　這時候會想念中國那些古代的賢聖來，他們說的真好：君子之交淡如水。

Day 10

　　關於寫作，我總有諸多困惑。

　　面對著生活的現實，其實所有的文學虛構和藝術都是相形見絀的，哪怕他們能真的為我們提高愉悅。那些幻象，能變幻出生活中從來沒有過的圖畫。可，一旦回到現實中，我們是不會去奢望就此過上某種來自於夢幻的另一份生活的。

　　於是在我自己的寫作中，我無法讓自己離開自己所熟悉的真實。

　　我的寫作就像一座橋，架在文字和真實之間，架在記錄和思維之間。

那天，我開車遊歷，經過一片高坡，那裏有點農田，豬和牛，還有菜地。

一堵牆上，坐著個八歲左右的男孩子，騎在那兒，看著來往的車輛。他身後二百米開外能望見幾幢錯落的農舍。

這個男孩應該是住在那邊的吧。我在想。

如果是六十年前，一個農家的男孩也許會坐在這裏看著火車，只是尋思著這些軌道是從哪兒來的。

而今天，那個男孩戴著棒球帽，穿著T恤衫，牛仔褲，看著來往的款式多樣的貨車，卡車，汽車，眼睛遊移在公路上，同一時刻已經懂得觀察所有的動態，他的夢想該開始出現了，未來去遠方的計畫也該在他的小腦袋裏顯現雛形了。

前面路上有一個巨大的廣告牌，寫：偉大的生活！

我漸漸地明白了，寫作就像是一個「小宇宙」。

我在用這麼種特定的記錄方式，特定的內心意圖，劃出了通向無限存在的途徑，到達那個「小宇宙」的境界。儘管，這很孤獨。

但在其中，我探求到了很多細微的感動。

記錄中有烤爐上羊排的香味，小鎮邊剛剛割完青草的氣息，老舊的工業城市充滿油污的鋼鐵，橡膠輪胎在浸滿雨水的高速公路上行駛時發出的嘶嘶聲。

還有笑容，可愛的小人物真切的笑容。

我喜歡湯瑪斯傑菲遜的一段描繪小鎮的話：

幾乎聽不到罪惡的聲音，也鮮有對準則的違背，我們的社會，就算稱不上盡善盡美，也至少有條不紊，道德規範，親如一家。

記錄真實，就是一種思維的存在。

思想著，總比僅僅生活著更好，有著不滿足和不可測的渴望。

這便是我的寫作小宇宙。

Day 11

我沒有過連著喝酒的經驗。一喝就是往猛了喝，第二天肯定再不喝了。

喝了酒就會說真話，展露真實的自己，挺危險的。所以，一次就夠，第二天肯定後悔。

記得有一次和幾個朋友出遠門住在農場三天。頭一個晚上喝得可帶勁兒了，都知道不用開車，便往死裏喝，徹夜通宵地邊喝酒邊傾訴，說盡了內心的噁心事兒。滿耳朵聽的全是酒後的真言真語。我記得自己總在不停地只重複唱一句王菲的歌，就一句：「邊走邊愛，人山人海」。然後大聲地跟所有人解釋歌詞的意思：「這句話就是說，兩個人曾經相互擁抱，不停做愛，以為能以此忘記世上的荒蕪。可，天亮了，穿上衣服，一個走了，一個睡了。」

結果，天亮了，彼此看看，竟然有種不好意思的感覺，其實誰也不可能完全忘記酒後所說的話，只是不想不願意記住罷了。之後的兩個晚上，都吃得很安靜很紳士文雅。酒是再不喝了，甚至啤酒也戒了，為了應個景兒，現去葡萄園買了甜酒來點綴。

在不喝酒的日子，是很安靜的。每天要做很多該做的事，很少說沒必要的話。

今天去了Agent，交代該修理的房子裏的問題。

去了交帳單，去了逛書店。書店的Meera介紹了一盤好聽的

Jazz。歌手是住在我們區的一個二十七歲的男孩，後來自殺了。低音Bass是個來自加州的美國老黑人，七十四歲了。聽著傷感。

去了髮廊把自己的長髮修理得短點兒。Jo，那個很熟的理髮師（是個Gay）問為什麼好長時間不來，我說頭髮不長來幹什麼，奇怪。

還去看了看一個剛出院的朋友，她也是個單身媽媽，我女兒好朋友的媽，很漂亮的荷蘭人。她弟弟從荷蘭來兩個月照顧她住院出院的，也是個非常英俊高大又好教養的歐洲男人，可惜，也是個Gay。我帶了個回國時候買的小彌勒佛送給她，她大笑半天，說，你是不是覺得我需要它？我說你如果覺得有需要的話，那就是它了。她是個愛聊的女人，呆了一個小時，光聽她說了，從她媽媽的媽媽荷蘭海運來的傢俱說到這陣子沒辦法去跳舞，等等。直到我從她那兒出來後好久，還覺得她在我耳邊說話。

本來還想再去洗車，可又下雨了。便獨自坐在街邊的傘下翻看報紙喝杯咖啡。

我自己可能性格有點什麼問題，一生人到現在，無法享受和人們聊天的樂趣，總是覺得說話挺累的。寧願傻坐在一邊聽別人說話。連欣賞的男人都是那種沉默溫暖型的。

Jo說我長了不少白頭髮。曾經，他誇說我的頭髮是他見到過的最光滑最直順的自然髮，還勸我千萬別燙也別染。

但在他說這話之後三個月，他親手給我燙了頭髮。那會兒頭髮真長，直髮變成了蛇髮，全是小卷卷，花了四個多小時，我睡著了好幾次。

看來，這才不出四年，他還要親手給我染頭髮了。

　　後來回到家裏找書看，想起一個嫁了西人的發小兒說她丈夫有全套的海明威，便給她打了個電話，約了去借書。這個電話花又去我半個小時聆聽她的家事。

　　一天下來，到我去接孩子，還感覺自己的耳朵裏塞滿了成千上萬句別人的生活瑣事。也奇怪，那麼多的句子，我的腦子全裝下了。

　　遺憾的是，它不像電腦，可以隨時Delete得乾乾淨淨。

　　人這一生，如果能在不醉的時候把自己的真實展露出來，實在不容易。

Day 12

　　十八世紀的浪漫主義哲學家謝林曾經說：自然，是肉眼可見的精神；精神，則是肉眼看不見的自然。

　　他在大自然中看到了「世界精神」，他也在人類的心靈中看到了同樣的「精神世界」。

　　一個熱愛大自然的人，必然精神世界是豐富的；而一個追求精神世界的人，必然熱愛大自然。

　　我持續地寫了兩個星期，很長時間來的思維沉澱都集中地表現出來了。心裏漸漸感到踏實。

　　記得前陣子，曾經和幾個朋友一同議論過穿越澳洲的計畫。

　　現在翻出當時的照片和提綱來，依然覺得激情燃燒。

那個晚上，我們坐在畫室喝酒。我拿出一塊一米二見方的白畫布，站在畫架前，為大家規劃了一個詳盡的藍圖。

我們將從墨爾本出發，途徑的城鎮有Ararat, Mildura, Wentworth, Broken Hill, Adeleide, Alice Spring, Uluru (Ayers Rock), Darwin, Katherine, Kununurra, Halls Creek, Derby, Broom，然後飛回墨爾本。

這些城鎮各有千秋，都是澳洲本土特色城鎮的代表。

全程一萬一千九百多公里，其中，使用了所有的交通工具：飛機，火車，巴士，和租用四輪驅動。

我還把所有途徑城鎮的特點，停留原因，歷史背景，風土特產，全面地介紹了一下。

尤其講到了其中的土著文化和兩處「中國牆」。

我對此是做了一番功課的，把自己旅行的經驗，加上閱讀澳洲旅遊畫冊，歷史叢書，上網搜索得來的資訊融合，最後將我們自己和穿越澳洲用「文化」的線索聯繫在了一起。

於是，文化的盛大，順著我在畫布上行走的線路圖，撲面而來。

燈光下，我如同在上一堂課，面對著學生們，把地圖畫在白版上，圈圈點點，把每個城鎮的位置，彼此間的公里數，詳細寫下，再把故事講給他們聽。

那感覺真是好。

真的能成行嗎？其實大家心裏都清楚，也許這就是一堂課，而已。

可，我們平凡乏味的生活中，是如此需要這樣的一堂又一堂「課」。

堪稱：抵達內心深處的精神之旅。

那之後，我自己連著三四個週末，走訪山那邊的葡萄園。

Yarra Glen 是位於墨爾本東部的維省最大的葡萄園中心，有超過五十家歷史或長或短的酒園，不僅葡萄酒，那裏也是各種文化，娛樂，藝術，音樂，飲食的中心。

美酒必配美食。

葡萄園中的餐廳一家比一家有特色，但共同點很鮮明，就是：都有著法式或意式風格的名廚坐鎮，附帶著自己釀制的紅酒白酒餐後甜酒，都有自己家制的cheese，糕點，還有知名的爵士樂隊的現場演奏。

從早餐到晚餐，任何一家餐廳的窗外都是綠色大自然中層層葡萄園的起伏波蕩。

看過朝霞等日落，心懷親切。

這旅程，足夠醉生夢死了。

……

其實生活，就像是根據什麼人的設計而編織的各種圖案。每個人有每個人自己的位置，被編織進去，不可逆轉或自行改變。

但是，至少人的思想是自由的。

一天過去，還是和昨天一樣的時間，也是明天即將留下的。

只有精神的不停渴望，才能造就新鮮的內容，讓自己同時成為另一個自己。

我的「自省」式的語言仍在繼續。

記錄生命，這是我的精神王國。

我把與靈魂的交談，填滿了單調生活中那長長的空白。

生命的錯覺

1

據澳洲電臺報導：近幾年來有接近四分之一的高薪厚祿人員，拋棄優越的城市生活，移居鄉野，親躬勞作，飲天然雨水，食自種蔬菜，領略生命的真實本質。

2

我對大衛說：「我厭倦都市生活，太多的偽飾讓我茫然，寫不出真東西。」

大衛笑了：「那你真該早認識我，我的生活會讓你遠離都市！」

我常常坐在他的「哈裏」摩托車後面飛駛在維多利亞省的曠野之上，看小鎮古老的廊橋，河邊快樂的孩子，等待沉靜如水的落日輝映那筆直的鄉間大道穿行在未知的遠方。土地，豐富而博大，我被感動得無聲無息。

他的朋友全是鄉下人。但不是準確意義上的鄉下人，而是自甘為農的那種。

大衛是個越戰老兵，曾經越戰回來後在政府有個受益終生的職位，但他還沒幹到十年就離開了，而且徹底地賣掉了墨爾本的房子，在山裏自己蓋了一幢泥巴和木頭結構的大屋，開出四英畝的一

小塊葡萄園，清淡簡樸地生活。他喜歡讀書，喜歡釀酒，喜歡摩托。他不喜歡一個數字：二十八。因為越戰中，在他的槍口下倒下過二十八條生命。

3

　　我躲在他大屋的尖頂小閣樓裏寫文章，沒日沒夜的。寫不出來了，就跑出去幫他幹活，或坐在屋前臺階上，和他一樣抱著酒瓶子曬著太陽聽他講故事。天空，藍得透明。葡萄藤，綠絨絨地一排排齊整整順山坡而下。道路，在葡萄園盡頭劃著弧線飄去。記得遠處對面的一家養了幾匹馬，偶爾跑起來就算是個動靜了。在這靜謐中，腦海裏的一朝一夕會像老電影似地慢慢播放出來，綿長有如一生。

　　聽到有摩托聲由遠而近的時候，我會走出閣樓，那一定是他的朋友來了。

　　比爾曾是個出色的心臟外科醫生，現在在雪山腳下有一小山莊，六英畝的山野，冬天被白雪所覆蓋。他常帶來威士卡豪飲，喝多了便說起以前的手術臺，他手腳並用地描繪開胸手術：一刀下去割開皮肉，鮮血淋漓中翻開來找到動脈，再鋸斷幾根胸骨，手伸進去，能握住跳動的心臟。然後比爾說，他厭倦了，厭倦了睜眼閉眼燈光血光，就是看不見陽光看不見笑臉的日子。

　　大衛有次告訴我，比爾辭職前的年薪過了八十萬。我伸伸舌頭：那本該是怎樣的浮華生活！大衛又說，但現在的比爾是健康開心的。他能喝一整瓶威士忌，以前怎麼敢！如今他能一次劈出一周用的木柴，棒著呢！

　　我看著比爾骨結粗大的糙手握著晶瑩的酒杯，心裏想像著清晨薄霧中他揮動斧頭一臉汗水的姿態，笑著為他幹掉杯中的酒。

4

秋天的葡萄園是遍坡的金黃。大衛找來兩個幫手一起忙碌，也是朋友。其中一個年近七十，頭髮沒幾根，白色的鬍子卻茂盛得很。他叫多明吉，西班牙鬥牛士的後代。不過他是個有名有實的澳洲作家，在山的那邊佔據著六十英畝的土地。多明吉不種葡萄只養牛，他的十幾頭牛全有自己的名字。春天時曾和大衛去他的寨子看小牛的出生：哆嗦著細腿剛剛站起來的小東西，我為它戴上了名字牌「多明歌」，那是我起的，充滿歌劇的色彩。

秋天的多明吉老人從葡萄架中走過來，輝煌的夕陽交映著他變成金色的大鬍子，帶著一身汗味他摟住奔過去的我，爽朗地笑道：「你的多明歌已經是只雄壯的公牛了。走，到我那兒喝酒去。」我跨上他的那輛哈雷，絕塵而去。

多明吉的老伴安妮會做上好的晚餐，用大蒜燒的很嫩的油煎小鰻魚，魚全煎得像竹筍，有點脆卻非常滑口，一人一大盆，還有新鮮的蔬菜沙拉，是自己種的，配的乳酪塊兒也是自家做的。坐在圓型的餐廳透過落地的玻璃正能看見血紅的日頭溜下了山坡。

多明吉家中有一個大展室，陳列他收藏的鬥牛士專用的服裝與用具。他的父親曾經是西班牙最值得驕傲的鬥牛士之一，當年名揚歐洲大陸，富可敵國。我喜歡讓多明吉給我展示那一套套沉重華美的用緞子和絲綢製成的鬥牛服，色彩豔麗的鬥牛披風，還有上個世紀五十年代的西班牙文報紙，裏面有一位英俊的鬥牛士，他舞動著披風，面對直衝過來的公牛，傲然獨立。那就是他父親。「無比輝煌！」我邊讚歎邊想像那盛況。

我曾不斷地問多明吉：「你為什麼不做鬥牛士卻躲在澳洲鄉下？」他總是叼著菸斗笑而不語。

　　多明吉的書只寫澳洲的土地，他專注於斯。其中的一本就寫得全是這片山谷中每一個或存在或消失的村落的傳奇，土著，白人，亞洲人，罪犯，豐富而神秘。他的創作狀態是絕對孤獨的。他的莊園裏只有一台十幾年高齡的小電視，還被放在廚房裏，那只給安妮做消遣。說起來，他們倆有七八年沒看過一場電影。「商業垃圾！」老人極其不屑一顧。

5

　　記得他們幾個朋友有時結隊出遊，都騎著「哈裏」摩托。鄉間的大路揚起一片「狼煙」，馬達轟鳴而過，帶著各自不同的記憶和背景，他們穿山跨省，領略不為人知的原始印象。我要求大衛：帶點照片回來。他嘲笑道：那是什麼玩意兒！我們會用腦子記！

　　他們不喜歡任何「形式」上的東西，更是曾經「滄海」決不做那種付出代價卻無實際意義的事情。他們也許會停下車，幾個人坐在路邊分享點啤酒，看一眼邂逅的落日，但肯定懶得在平淡的城市中間做任何流連。大衛把城市比成一片石頭森林：燈火密實地擠在一起，龐大而沒有出路。

　　我想，大衛一定重回過越南，一定有感於那個熱帶的狹小國度。他應該見到過頭戴斗笠的三輪車夫慢慢地踩著高大的三輪車在城市裏穿行，拐彎時會敲響叮咚的車鈴。他應該遇到過許多笑容羞怯眼神明亮的越南女子，帶著清香潔白的茉莉花。

　　因為，他始終把「二十八」藏在心底，只有純淨的民風和結實的土地才能讓他的生命釋然。

因為，他說過：物質的色彩和欲望的氣息常常使人對真實產生錯覺。而生命的消逝是如此輕易。他不想他的生命始終在錯覺中。

6

一年前，老多明吉突然去世了。意外事故，是他的兩條公牛打架把他撞到牛欄上引起腦溢血死亡。安妮說，他死時還靠著欄杆邊說邊笑呢。

葬禮就在他農莊鎮上的教堂舉行。安妮用自家房前屋後的鮮花精心為丈夫編織了巨大的花圈環繞著老多明吉笑容明朗的遺像。兩個兒子，州議員們，和幾大出版界的巨頭都來到了小鎮上。尖頂的石頭小教堂裝不下如此盛容，教堂外的窄窄的街道被鄉鄰們自發地封住了來往車輛，上百人靜靜地站在陽光下，古老的雙層小酒吧肅穆在眾人身後，共同守候著棺柩抬出。

送殯了。殯葬的隊伍不是普通的汽車，尾隨靈車的是四十輛黑色的摩托車方隊，一色的「哈裏大衛森」，每人身著黑色的皮衣皮褲摩托服。四十輛摩托車的馬達聲長久地轟鳴著，震徹了山谷。

這是老多明吉真正想要的，我們都知道。

老人的墓地就在莊園遼闊的山坡上。正值春天。遍坡遍野開滿了粉色，白色，藍色，紫色的小野花，鋪天蓋地，茂盛而斑斕。這是澳洲維多利亞的春天，這是老人眷戀的土地。

7

葬禮歸來，我和大衛坐在途中一家小鎮的酒吧門口，陽光普照著對面山坡上歡快的人們。趕上鎮子的集市，小攤小販一家連一

家，色彩明豔的遮陽傘下有吃有喝有手工藝術有各色服裝，都是自己制做自產自銷。

有時，人們就為圖個樂兒，便將上百年的集市傳統存留到了今天。生命總是令人感動的。

我對大衛說：「我的書稿很快就要完成了。順利得忘記了以前竟有過那麼多的茫然。」他問：「會出版嗎？」我說：「不重要。我自己很滿足。有人說過：放棄了尋找便意味著學會了找到。」他莫名其妙地問：「你找到什麼了？」我笑而不答。

我想，如果我能堅定地相信記憶是準確的話，我就會像一隻大蜘蛛，在行車的公里表和走過的村鎮名稱的交錯裏，繼續編織出無數真實的故事，然後窮盡一生妄想著試圖告訴人們：生命該怎樣地保持和諧，美麗，與真實。

冥冥中，我似乎就站在那家酒吧的臺階上，在閃爍的人群和細碎的陽光裏，和剛剛去世的老多明吉進行著一次跨越兩界的心靈對話。

我問：「告訴我，你一生是否曾想作個鬥牛士？」

他說：「想過。」

我又問：「因為那些輝煌？」

他說：「對。」

我再問：「為什麼放棄？」

他說：「因為輝煌並不真實。」

我還問：「是因為人們的記憶會有錯覺？」

他說：「是生命本身會有錯覺。」

我堅持地問：「什麼產生錯覺？」

他說：「欲望。對輝煌的欲望。」

　　然後他擋住了我的無窮的問題，漸漸消失了：「記住，孩子，
輝煌是給別人的，真實才是自己的。」

（2005年）

西澳的故事

1、墨爾本之秋

在墨爾本生活的三年裏，葉子靜靜地和安住在一起，深居簡出。那是個墨爾本出名的文化區，被山巒起伏環繞著，獨立，且繁榮。安在這兒的一家私人醫院工作，葉子是個為幼稚園和小學校講故事的Story Teller。她最擅長的是講西澳的故事，那兒的南印度洋海灣，海灣裏的海豚，鯊魚和魚船，還有在那兒生活著的海的孩子們。

西澳，曾是葉子的家。

幾乎每個早晨，葉子喜歡走路二十分鐘，高高低低順著山坡來到一家巨大的賣植物的Nursery。這裏有一個咖啡廳建在花園盡頭的坡頂上，透過落地窗能俯瞰整個植物園。隔條馬路，還能看到對面街上的商店和人群。葉子最享受的就是這麼種疏淡和流動，身在熱鬧之中卻和所有人都沒任何關係，很放鬆，很安全。坐觀山林隨季節變幻著色彩，花開花謝，生之永恆。

葉子知道，其實安心裏清楚自己早晚會離去，可她還是一如既往地對葉子呵護照料，百般順從，這恐怕就是「愛」吧，女人不計回報的執著。葉子自己也一樣，可，對象卻不是安。安給了她生命中最溫暖寧靜的空間，最細膩如絲的愛撫。安，卻是在料理著一對「翅膀」。翅膀，永遠屬於天空。

　　安曾對葉子說起蕭紅的一句話：「女性的天空是低的，羽翼是
稀薄的……女性有過多的自我犧牲精神，可這不是勇敢，倒是怯
懦……不錯，我要飛，但同時覺得，我會掉下來！……」葉子明白
安愛她，她也愛安，這句話自此深埋在葉子的心底，真正產生了一
種對飛翔的恐懼。安給了她珍貴的生存中的寧靜，這是異性所不能
達到的境界。葉子一時也不知道自己還想要些什麼別的。於是，她
收攏翅膀，靜臥巢中。

　　深秋的一天早上，安輕巧地撩起被子，親親睡夢中的葉子，上
班去了。葉子睜開黑亮的眼睛，毫無睡意地看向窗外的樹影，陽
光，飛鳥。失眠的痕跡清楚地顯現在她蒼白的臉上。她已經控制了
很久那要吐的感覺，暈旋得無地自容。葉子知道，出事了！
　　葉子後悔最終還是沒能抵住三年都抗拒了的人與情。可潛意識
中，她是不是早盼望著這一切會發生？……她茫然得手足無措。
　　那個男人來自西澳。那個男人在三年中飛來墨爾本十幾次。每
次趕著星期二的下午，守在北城小學圖書館的窗外，聽著葉子給孩
子們講西澳海豚的故事。然後在停車場寫下一張永遠不變的短信，
夾在葉子車玻璃上，離開。他會在同一家飯店等候一天一夜，沒有
結果，再飛走。——一個多月前，他的短信多了一句話：從下月
起，我不再離開墨爾本。
　　對這個也許一生都會帶著「陰影」而來的男人，葉子用身體擋
住了他，「我見你！每次見你！可你還是回去吧！」

　　該到頭的終有盡頭。同性和異性帶給愛情的，永遠無從取捨，
亦無法並存。
　　葉子再一次坐在咖啡廳的落地窗前，握著杯子，望向遠方。

　　遠方的天，湛藍無比；山林，秋色正濃。黃綠交織的樹葉參雜著血紅，茂盛寂然。風過處，幾隻碩大斑斕的鸚鵡騰空飛起，極目而去。它們怕是也在尋找那持續而長久的溫暖？有四五輛摩托車從大路上轟鳴駛過，驟間變作幾個黑點，消失在遠方。

　　遠方，會有煙火的世俗生活嗎？會有一份樸素又肯擔當的日子嗎？

　　葉子一直在為孩子們編寫著充滿遙遠的抽象的幻覺的幸福，她不知道這世界上是不是真的有一張純粹的光明的笑臉，能為她而綻開。

　　連著幾天早上，這個眼睛黑亮面容憔悴的秀美女子，失魂落魄地坐在同一個座位上，一坐個把小時，握著杯子，望著遠方。

　　然後，她就沒再來過。

2、西澳的陽光

　　葉子給孩子們講過一個海豚的故事：有一隻美麗的小海豚，住在一個叫Fremantle小城邊的海崖下。海崖盡頭圍起一片潔淨的沙灘。凌晨時分，小海豚總會遊到沙灘的長堤下，向上眺望，看那生活在陸地上的人們。它發現，每個凌晨，都有一個男子推著一把輪椅來散步，輪椅上坐著個幾乎沒了頭髮的病女人。他們從不談笑，也很少說話，只沿著長堤走。有一天，男子臨時離開，留下女人面海而坐。女人突然顫抖著支起身子，挪下輪椅，向近在咫尺的海堤爬來。小海豚嚇壞了！它知道女人一定重病在身，也許她不想活了。這一帶海水很深，海浪很大。小海豚不由地發出呼叫，它想叫回那個男人。女人在絕望中聽到了這奇怪的聲音，扒在堤邊看到了小海豚。她哭了。眼淚掉進了海水裏。小海豚輕輕地繼續發出柔

和的聲音，它多麼同情這個美麗的女人啊！男子回來了，他衝過來抱起女子，他們相擁而泣。後來，每個凌晨，小海豚都遊到海邊，陪伴著這一對男女。有了小海豚的存在，女子的臉上漸漸露出了笑容……

　　Fremantle是南半球最大的深水港，西澳一個古老的文化小城。平日裏，城中很寧靜，人們坐在沿街不斷的咖啡傘下看報紙，喝咖啡，聊新聞，歐式古建築在陽光下有節奏有韻律地起伏著，窄窄的小街晃蕩著穿著隨意的行人。逢到節日時，整個城市就會沸騰。陽光帶著西澳特有的亮麗，普照衣著的絢爛，所有人的臉上充滿生機與希望。還有美國航空母艦停泊這裏時，滿街都是白色的水兵服，妓女們歡天喜地……

　　葉子十八歲上大學那年，從佩斯搬到了Fremantle。在這兒，她迷上了芭蕾舞和童話故事。每天凌晨起床練功，在城邊的海堤上跑步。晨光乍現時，她經歷了小海豚那驚心動魄的一幕，認識了病入膏肓的琳和她的丈夫：東方。

　　葉子後來幾乎天天來見他們一面，同琳說會兒話。她知道琳的病情，她害怕那種不幸和絕望，她希望能給這兩個苦難中的人兒帶來些儘管有限的快樂和關慰。那段時間，葉子彷彿又多了一項功課，晚上總要花點腦筋準備出明天一早見到琳時要說的。有一次，琳真的讓葉子為她跳了一段舞。廣闊的印度洋鱗光閃爍，太陽慢慢升起在葉子挺拔舒展的身後，笑容摻著皺紋佈滿琳消瘦慘白的臉。琳和東方都不過三十來歲，可看上去，琳快成東方的母親了！「這世界真不公平。」葉子常常看著那個高大的，沉默不語的男人，想。

　　之後第二年冬天的一個早上，葉子照常跑步過來，風挺涼，小
腿有些要抽筋的感覺。她跟在東方旁邊推著輪椅，邊走邊說著無關
緊要的閒事。突然，一陣疼痛從小腿傳了上來，葉子渾身一軟往
地下坐去，而身旁的東方及時地一伸手，攬住了她……倆人臉對著
臉，四目相交，都驚愕了！

　　這相對的幾秒鐘，注定了一場悲劇，在劫難逃！

　　從那天起，葉子的心裏充滿了東方。她每天清早的晨練，漸漸
地變成了一個要見東方的願望。能和東方有哪怕幾個瞬間的目光的
溝通，葉子就滿足了。葉子不敢乞望更多，她知道面對著琳，這一
切是罪惡。——可，初戀，卻就這般苦澀地開始，執著地持續著，
整整三年。

　　這三年中，東方躲避著葉子的目光，可也同樣每個早上盼望著
見到她的身影出現在海堤那邊，奔跑著過來，帶著青春與生命，帶
著晨光。東方覺得自己在琳被宣佈了「死刑」的那一刻，自己也就
病了。他們夫婦倆此刻的生活，誰都離不開葉子。

　　三年中，葉子再沒有接受過任何一個其他男人的求愛，她把愛
情寫在給孩子們的童話故事中，把身體交付與舞蹈的奔騰宣洩中。
有過那麼幾次，她實在控制不住時，中午約了東方一同喝杯咖啡。
她深深地看著他的雙眼，看進他的心裏。每次兩個人都是靜靜地坐
著，無言亦無語。每次的最後，葉子總是對東方說：「我知道不該
這麼想，可我還是要告訴你：我等你！」「等你！」……東方的眼
睛一次次濕潤，這話像是重重地敲擊著地面又震盪著他的心。他趕
不走葉子。他心底更清楚，如果沒有葉子，他自己也就垮了。

　　早晨的故事，便依然每天繼續。太陽照常升起。

　　葉子，終究不是小海豚。三年壓抑得畸形的愛情，幾乎把她
摧毀。

冬天又來了。

一個週六的早上，他們仨人散完步，一起坐在海邊一個咖啡廳裏吃早餐。琳精神不錯地對葉子說：「一會兒你陪我回家坐坐，然後東方送你走。」

在琳的家裏，兩個女人翻看著琳當年的照片，還說笑了好久。後來，琳合上像冊，道：「都煙消雲散了。葉子，真希望你也能像我當初一樣幸福！真的！你還這麼年輕，健康。多好！而我，我要走了。」葉子握住琳的雙手，不敢多想什麼，低下了頭。

多年來第一次，琳執意要東方送葉子回家。其實兩家並不遠，沒有這個必要的。

十分鐘後，東方在葉子的單身公寓前停住了車。

誰也沒有動，誰也說不出話，一種潛流暗暗在兩顆心中間湧動著。東方走下車，為葉子打開車門，葉子緩緩站了出來，凝望著東方。冬天的太陽，溫暖著他們糾纏的目光，小巷長長高高的黃泥土牆旁，有一枝紅色的薔薇盛開在角落的木車輪下。葉子合上眼睛，避開絢爛，把嘴唇送到另兩片嘴唇上，靜止了時空，不再離開。

一切無法抗拒，也無從抗拒！

他們瘋狂了。

在壓抑得變了形的暗戀中，他們已經不知道該怎樣開始，又該怎樣結束。他們糾葛著撕開衣服，攀結在一起，翻滾中，赤裸的身上混淆的是片片汗水摻著淚水，伴著心中長久的哀痛發出陣陣野獸般的呻吟。他們在絕望中衝刺，不可抑制地嚙咬著對方的肉體，用灼烈的疼痛掩蓋一切可能出現的負罪的幻覺和畫面。曾經每個夜晚彼此無盡的性幻想，蹂躪著兩顆呼喊的心，此刻，已毫無柔情蜜意

可言，只有一種欲將對方全部地吸入自己體內，能永遠地擁有的狂暴的激蕩……「是我的嗎？！」「是你的！全是你的！」「我受不了！我要你！」「你殺了我吧！再把我攔在懷裏！」「我要你揉碎我！」「我要渾身都是你的痕跡！」「你讓我疼！再疼些！我要記住一生一世！」「看清楚我的一切！」「怎麼能忘呢！」「你像聖女！」「可我寧願是個妖精！那樣，就能肆無忌憚地奪取你！」「別流淚！不要哭！噓──」

與此同時，琳正坐在床上，靜靜地微笑著，手裏握著筆和一張藍色的信箋。被子上，放著葉子的照片，還有東方的。

葉子，被東方緊緊地壓在身下，滿臉淚水，黑髮一片散亂，她的雙臂狠狠纏繞著東方剛強的腰身。東方把臉埋在葉子潔白溫潤的胸前，無聲啜泣，肩頭，牙印滲著血滴。他們說出了三年沒能說出的話，在血肉之間！他們完成了渴望三年的身心交合，在淚水模糊處！「你怕嗎？」「怕！」「那就別說！」「你信嗎？」「信！」「那就再給我一次！」「你讓我心疼！」「我就長在你的心裏！」「答應我，永遠不要從我的視線裏消失！」「我會給你個新的生命！進來吧！別從我的身體裏走開！」「讓太陽作證！」「讓天空作證！」「讓印度洋作證！」「讓鮮血作證！」東方翻身把葉子托到自己上面奮力起伏著，葉子挺直身體，飛快地用髮夾在自己的左乳上狠狠劃了深深的一道，鮮血煞時順著乳頭滴到東方身上，兩具身軀就這麼被紅色貼在一起，瞬間交融，既是永恆。

Fremantle城邊的海崖畔，騰空而起一道七色的彩虹。

雲影照射中，幾根木條經緯有序地分割著窗戶上的天空。

命運，在窗外搖頭落淚。

就在這同一天的中午，琳，她主動結束了殘喘的生命，自殺了！

究竟有什麼在誕生？又有什麼在消亡？

世間是如此這般的蒼茫寂然，我們，嚮往深不可及的愛情。

……

孩子們總是問葉子：那，後來，那個女人怎麼樣了？小海豚怎麼樣了？葉子總是回答：女人的病，奇跡般的好了。小海豚長大後，遊到海的深處去尋找自己的生活了。

女人死了。小海豚消失了。

葉子被送進了醫院：在長期的壓抑和強烈的刺激下，葉子患了深度抑鬱症，失語了。

一年後，在葉子開口說話的那一刻，她抱住身邊的護士放聲大哭。

這個護士，就是安。

3、驕陽為我

葉子離開墨爾本後，依然回到Fremantle住下，繼續寫她的童話故事，繼續講給孩子們聽。她靜靜地等待著肚子裏的孩子長大，她相信是個男孩。她滿懷著憧憬，準備好好養大他，她給他已經想好了一個乳名，就叫「小海豚」。

在等待的時光中，一朝一夕都變得悠長而纏綿。葉子透過法國式的木格子窗，有時想起安的笑容，有時想起安的話語，也有時想起東方在墨爾本那個傍晚的溫柔和自己離開時安的無言哀傷。可，即便她是那麼愛他們，心中的某些願望還是無法向他們傾訴。葉子說不清楚，比如這個孩子。她會努力地為他們，為自己所愛的人們

去做，但，卻沒有「傾訴」。這恐怕就是人類與生俱來的本能的孤獨吧。這個世界不偏愛那些偽飾的甜言蜜語！

葉子的早晨，開始在人群中度過。坐在街當中的咖啡座上看報紙，喝果汁，迎著太陽和周圍的閒人聊天兒談新聞。葉子知道，再沒有什麼事情能令她動容，她將會生活得平靜而淡然。

三四個月過去。該夏天了。

暖融融的早晨。葉子離開了咖啡店往家走。初孕的女子格外恬然。她穿了件白色的連衣裙，無領無袖，露出渾圓的肩膀和胳膊，鬆鬆散散的裙子長到小腿，美妙的腳踝套著兩副彩色的腳鐲。葉子光腳站在路沿兒上，黑髮隨風紛揚著，她一手攥著錢包一手放在額上擋著陽光，身後，是Old Papa咖啡店五顏六色的大玻璃窗。街當中，人來人往，健康快樂。

葉子看著看著，突然綻露出一臉甜美的笑容，她放下了手，面向前方：是故人歸來！

前方，東方大步地從人群中奔走而來，他目光急切，衣著匆忙，他站定在葉子跟前，端詳著面前他的女人，捧起了這張光彩的臉。

就像老朋友似地，他們彼此溫馨地笑著，吻著，融進街上最普通的風景中。

東方曾經在墨爾本瘋了似的尋找過葉子。他最後找到了安。

他拿出了一張藍色的信箋給安，上面有幾年前那個星期六，琳寫下的字跡：「幸運的是，我在最後的日子裏愛上了葉子。我不想讓病魔繼續折磨我的同時也折磨我心愛的女孩。我要讓她早一天得到幸福。琳　絕筆」

　　安看罷，落了淚。安說：「葉子懷了你的孩子，執意回西澳了。你去找到她，和她結婚吧！因為，我也愛她。」

　　葉子在東方的懷中，看著這片藍色，漸漸平靜，平靜地睡熟了。那種從未有過的沉實無夢且安詳的睡眠。

　　葉子第二天一大早就給安撥電話，沒人接。中午再撥，沒人接。她直接打到了醫院，安的同事驚訝地隔著電話大聲說：「你不知道嗎？安在一個月前就查出了卵巢癌，是晚期。手術做過了！可，沒用！現在還在住院呢！她一直不肯早點檢查……」葉子平靜地放下了電話。

　　一整天，葉子都在Fremantle的街道上流連。如此熟絡的市井人群，散發著夏日的芳香。金髮披肩的小女孩，像一條條活潑的小海豚，竄跳著，享受著天堂般的童年。城中的巷子悠長起伏，高土牆間的鐵欄門裏，狗兒在醋棲，木格窗傳出琴聲人語。聞到咖啡香，那是節日還有著馬車經過的繁榮的South Terrace。轉過藝術中心後院的大梧桐樹，繞開聖約翰廣場角落人一般高的黑白象棋子，葉子看到了那一片無際的南印度洋。她站在海堤邊，靜觀潮汐漲落，斜陽如血。一隻古老得好如斯巴達克斯時代的三桅船，掛滿著雄壯的風帆，停泊在不遠的海面，孤立而驕傲。

　　葉子回到家。她一言不發地收拾了簡單的行裝，定了去墨爾本的機票。然後，給東方撥通電話。

　　「東方，親愛的，我要回趟墨爾本。我去接安回來。我要伴著她度過她最後的日子。東方，你能理解嗎？」「葉子，我的葉子……」東方的心又在一陣陣地痛！這種痛無邊無涯！他心裏明白，葉子是在替他和自己，贖那所欠琳的最後一天的罪！東方無法阻擋，只有一同擔當。「葉子，你要答應，為了我們的孩子，永

遠不再回避我。」「永遠不會了。我就在Fremantle。這兒是我的家！」

　　從此，在Fremantle的海堤邊，在玫瑰紅或赤金色的霞光裏，可以經常地看到：有兩個女人相依相伴。其中一個，肚子越來越大。那裏孕育著新的生命，一個能給所有人帶來光明的希望！

　　葉子要讓安在最後的陽光中，看到希望的降臨；葉子要讓東方的生活，充滿長存的希望；葉子還要讓天國中的琳看到自己，為了琳和所有人，完成了愛的延續。

　　西澳廣袤的紅土地間，一條漫無邊際的大路遙遙而逝。我們不知道世界和時間的交叉分界，但我們清楚：一切，因著愛，從不曾空洞過。

　　東方暫時去了歐洲。他心中明亮：為了這些女人們，我等！

　　　　　　　　　　　　　　　　　　　　　　　　　（2003年）

告別空白

1

朵兒在那個一月份，南半球是夏天北半球是冬天，的一個炎熱的下午，租了輛嶄新的四輪驅動，從墨爾本開出去了。地圖上算，這一程往返是三千八百公里，在紐省有一個小鎮叫Tamworth。

朵兒是個沉默的女子，喜歡獨自走很長的路，不用說話。而事實上，走長路的時候，語言本身，已是一片空白。

網上說，在Tamworth有全澳一年一度的「鄉村音樂節」，幾乎也是全球最大的。鄉村音樂是朵兒的最愛，歌詞中勾畫出淒美的故事和場景，關於遠方的愛情關於戰爭，一把吉他一把提琴，簡單的旋律吟唱出空曠和蒼涼的悲歡，就像鄉村的大道，就像戴著卷邊兒牛仔帽的紅臉漢子，就像敞蓬貨車卷著塵土在清晰的早晨開出去，再帶著混沌的落日開回來。——這是朵兒相機下的景色。她憎恨工作時拍攝的那些做作的時裝和城市人不變的功利的一張張臉。

郊外的原野在有韻律地起伏，闊天闊地，灼陽似火。一路而來，朵兒靜靜品味著人類生就的孤獨，淡淡融化進視線所及的天與路的盡頭。

飛馳在鄉間大道，朵兒偶爾停下車，拿出相機對向曠野，快門收下鮮明的意念：有一排排綿羊，齊齊地用屁股衝著陽光站在樹蔭處，喘息著熱氣。——本能的生，與活。別無其他。

黃昏時分，朵兒已經跨過了維省邊界，駛進了紐省，在一個名

字很長的小鎮休息。公路邊有一個小湖，湖邊是個咖啡廳。空氣依然火一樣包裹著身體，可朵兒還是坐到面湖的一把長椅上，喝著一大筒冰咖啡，抽菸，忍耐地看著湖裏的黑天鵝和白鴨子，看著太陽不知疲倦地繼續發洩它的欲望。

　　從什麼時候起，但肯定不是從童年，她開始喜歡獨自去走很長的路，不用說話，相機，膠捲，書，鄉村歌曲的CD，和隨遇而安的一小段一小段感情。

　　疲倦了全部的付出和接受幾乎一樣的結局。

　　Dixie Chicks樂隊三個女孩正在朵兒的車裏唱著個平凡卻令人感動的越戰時的愛情故事：「十八歲過後的兩天，他穿上了綠色軍服等待軍車。那兒有個咖啡屋和一個金髮的女孩。他害羞地坐下來，女孩向他美麗地微笑。他說你能不能和我坐一會兒我真的感覺有些失落。女孩說我一小時後就下班。於是他們來到了碼頭邊。他說，也許你有男朋友可我不介意，我在這裏已經沒有了可以和我通信的人，如果我寫信回來寄給你，你願意嗎？……」

　　一段愛情就這麼寂寥地開始了，在村鎮大路旁的小店裏。

2

　　午夜時分。周自橫和三個朋友在高路邊上的加油站休息。暑熱並沒散去，夜色中，幾隻碩大的蝙蝠繞著燈光幽靈般無聲盤旋。時不常會有長途運輸的大集裝箱卡車開進來。卡車司機雄壯地跳下高高的駕駛台，走到快餐廳裏吃東西，再進到廁所旁的沖涼間洗洗暑氣，然後鑽回駕駛座。大燈亮起徹眼的光，射向黑暗的遠方，卡車又飛速而去。

周自橫見到朵兒進來，是在他們開車十個多小時後的蒼蒼茫茫的曠野間，這個大路邊加油站的快餐廳裏。

那麼纖弱的東方女子，背心，牛仔短褲，光著腳，一頭應該很長的黑髮辮成了辮子，簡簡單單。白種女人被曬過後像粉紅的橘子皮，而東方女子曬過陽光是亮麗的赤金色。這個女子就帶著這種色彩。

朵兒買了一份羊肝和麵包，找了個能看見掛在房頂小電視的位置坐下，不顧左右地大吃起來。電視裏在放美國的喜劇片「員警學校的故事」。

燈光透亮的快餐廳，數得過來就七八個人，站櫃臺的兩個粗壯的婦人已經很不耐煩，對誰都沒個笑臉沒個謙詞。周自橫走到外面抽菸，回頭透過玻璃窗去看那女子……

這時的朵兒抬起了頭，準準地接住這陌生男人的目光。

周自橫心下吃了一驚。女子剛才美麗可愛的笑容全然消失，一雙黑眼睛寧神淡定地看著他，不卑不亢不躲閃，沒有化妝略顯疲憊的臉上，是倔強和孤獨。她看去不過三十左右，目光卻滿是滄桑。

朵兒走出來時，周自橫開口問「去哪兒」。

朵兒張開澀住了一天的嘴說「Tamworth」，然後反問「同路？」

「你怎麼知道？」「不難猜。你是搞藝術的。」「那你呢？」

朵兒沒有回答，點了支菸。

「你跟著我們的車吧，既然同路。你一個人……」朵兒打斷周的話說「我習慣了」。之後，回到自己的車上，發動。

車裏的音樂很響地傳來，那個故事在繼續：「軍營的來信就這麼開始。從加利福尼亞一直寫到越南戰場。他後來在信中告訴她他愛她的心。他說這愛讓他恐懼戰爭帶來的所有。他說：面對著可

怕的現實,我總在回想我們坐在碼頭上的那一天,我一閉上眼睛就能看到你美麗的笑容。不用為我擔心,即便有一段時間收不到我的信……」

車開走了,周自橫有些遺憾:結局怎樣?

好像憑空而來的一個女子,就這麼飛馳著,帶著傷感的歌兒,帶著一身的神秘,獨自駛進了黑夜裏。

3

朵兒終於在第二天的上午,到達了這個熱鬧的鎮子Tamworth。

由於位於內陸盆地,在太陽純淨的光芒肆無忌憚地照射下,這裏氣溫出奇地高。開車繞了市區一周,看著人們帶著形狀相差無幾的各式卷邊兒牛仔帽興致勃勃地步行在酷熱的街道上,看著沿街的小樂隊一個挨一個努力地彈唱不停,牛仔褲和靴子配著吉他,朵兒感到身心愉悅。高溫下的小鎮,快樂的人群,這就是朵兒這次要找的。

在定好的小飯店痛快地洗了個澡,她輕鬆地倒頭睡去。

樹影在慢慢走著,暑熱的空氣發著奇異的芳香,新的陽光下,是新的空白。

傍晚,周自橫隨朋友走到街上找飯吃。才過馬路,一眼就看到了那個女子。暮色溫柔的光線中,她站在鄰家飯店二樓盡頭的一個小陽臺,正收著曬在欄杆上的兩件衣服,不緊不慢,好像就是生活在這個鎮上的小女人。

周自橫覺得有趣,不明所以地被她吸引著,離開了朋友們。

他快步走進飯店大門，上樓，心裏數著：應該就是最後這間屋子！周自橫在一瞬間猶豫了一下：五十歲不再年輕不再自由的人了！──然後敲響了那扇門。

朵兒看著眼前這個第二次見面的中年男人：很有品牌的穿著，灰色齊肩長髮和一雙深邃透徹的黑眼睛。她懶得問什麼，側過身，讓他進來。

小房間有著傾斜的屋頂，一扇天窗，還有床頭牆上一個大大的圓圓的玻璃窗，能俯看街市的。這兒收拾得很溫馨，有一束花園裏摘來的藍色小花插在玻璃杯中，開得爛漫。

「準備長住了？」「六天。不長不短不用著急。」

「去吃飯吧。」「和誰？」「就和我！我叫周自橫，一個作曲家。」朵兒笑笑，成熟女人無聲的那種笑。這令周自橫感到舒服與安全。

他倆走在市中心的幾條步行街上，很少交談，感覺卻很默契。每人要了一份Pasta坐在街當中，邊吃邊聽演唱。前面的小樂隊是一家子，女兒主唱，父親吉他，母親合聲。十五六歲的女兒在鬆弛地亮著嗓子唱：「我父親坐在搖椅上，看著空曠的田野，那裏曾經種滿煙葉；我母親總是站在廚房，每天做著太過豐盛的晚餐。我的哥哥姐姐都離開了家。我什麼時候才能長大，大到可以獨自遠行……」朵兒和周自橫聽到此，不覺相視一笑：好年輕啊！──真正遠行的路人最知其中的孤獨與無奈。

有幾個鄉下男孩子逛過來，都差不多年紀的，先是站著看看，然後走到最前面，各自找把椅子，齊齊坐了一排，聽得很認真。那位漂亮的女兒坦然自若地看了男孩們一眼，繼續自己的歌聲。男孩們不約而同地把雙手抬起，交叉在自己的腦後，雙臂張開，仰著身

體，晃著椅子，甚是欣賞地盯著女孩兒，他們的動作整齊得有些滑稽。周自橫對朵兒說「這個姿勢是在求愛」。果真，朵兒看到女孩子的臉紅了，眼光越過男孩們的頭頂，在遠處游離不定。

朵兒拉了一把周自橫，「不出兩天女孩子就會和他們逛街了」。「你這樣感覺？」「肯定。沒聽她唱的？她期盼著……！」周自橫笑了。

倆人往下個樂隊走。整條街上都飄揚著音樂，走在當中時，根本聽不出誰是誰。每個樂隊都用自己的音箱放出最大功率，形成個磁場般氛圍，只要走近，進入「場」中，就自然被感染。他倆一家家聽，有時坐下來喝杯東西，有時買點零食，有時只是抽菸。

燈火漸漸亮起，街道上像是放著一場又一場的煙花。周自橫輕鬆地看著街景，同時欣賞著身旁的朵兒，他喜歡這麼隨意隨情隨興地跟著這個陌生又可愛的女子走在誰也不認識的大街小巷，吃零食，喝啤酒，抽菸，聽歌兒，看著彼此默契地笑笑，無需多語。這和他平日裏那陽春白雪的歌劇交響樂，那附庸風雅的西裝晚禮服是如此不同。事實上，他正是越發覺得高處不勝寒，覺得自己快要被一種鎖鏈套住而自怕，他需要新鮮的，樸實的聲音出現。一周前他剛完成的音樂劇被他自己「槍斃」了：不是東西！媚俗！可劇院老闆說「女人們喜歡」，他喊道「我受夠了這麼多穿高跟鞋自以為是的女人們」！周自橫有個以前唱歌劇的純粹金髮碧眼的太太，一個華麗得毫無生氣的家，他從來不缺漂亮女人的纏繞，可，他一直很孤獨，而且，開始感到空白。他知道，人，可以寂寞，但，絕不能如此無聊！

三十來年了，周自橫一直以為自己生活在音樂的聖殿，社會最高雅的階級中，如魚得水。今天，走出城市，越過曠野，坐在這

兒，他才突然發現，原來自己完全可以不同以往大半生，完全別樣地活著！就和這麼個光腳穿著平底涼鞋的不愛說話卻充滿智慧，笑起來很燦爛的女子坐在大街上，抽著菸，喝著酒，拉起手走著路地，活著！……

4

第二天的清晨，朵兒準備好相機膠捲，也戴上一頂黑色卷邊牛仔帽，換上黑色高幫「瑪丁」靴，站在鏡子前體會了一下，拉開門，——她愣住了，門上貼了張字條：我今天想和你出門，請來接我。

「那首歌兒的結局是什麼？」周自橫一進車就問。

「死了。」回答如此簡單扼要。朵兒冰雪聰明，自然知道他在問什麼。

周自橫很後悔，大清早的，問什麼不好。朵兒開始放「Travel' in Soldier」給他聽，然後靜靜地開車。周自橫並不關心去哪兒，他想好好享受自由的感覺，如童年時和母親的任性嬉鬧。

他看著車外掠過的街道，明朗的陽光，看著漸漸駛出小城，加速，又看到了山坡，農莊和牛羊，恬靜中的十幾分鐘是在盆地的綠色裏晃悠著，伴著那首歌：「一個星期五的晚上，在橄欖球賽中，牧師走過來領著大家唱起聖歌，說，請大家低下你們的頭，這裏有一份越戰軍人陣亡名單。哭聲伴著祈禱。當一個不被注意的名字被讀到時，那個金髮的美麗女孩，哭了……」

「你喜歡這歌？」周自橫打破了靜謐。「就像你喜歡歌劇。」朵兒答。

「你不喜歡？」

「歌劇中，一句話能哼哼十分鐘還說不完全，可鄉村歌曲只用三兩分鐘就能唱完人的一生！」

周自橫驚訝於這種說法，「哪有那麼簡單！」

「人生可沒那麼婉轉纏綿，也不用揪心惆悵。到達極端了，結局也就出現了。其他時候，只是一片空白。」

周自橫不語。心中一陣酸楚，無依無靠。

朵兒像自語般繼續說：「以前有個人，在她被告知情人意外遇難後，好多年都在追憶情人對她說過的最後一句話是什麼，可她竟真的，怎麼也想不起來了！於是她的生命就只剩下空白……」

車速從110km驟降到60km：他們進入了一個很小的村子。開始有果樹和遍地的花兒，街邊的農家小院雞犬相聞，還有BBQ的香氣和炊煙。街上有一幢很醒目的百年老建築，被改成兩層的汽車旅館，樓下是酒吧和餐廳。

他們停下。周自橫看著朵兒在沿街取景，果斷地按著快門兒。他很愛聽過片器帶動快門連拍的聲音，甚有樂感。他望向朵兒修長筆直的雙腿帶著彈性矯健地邁動，捨不得挪開目光。周自橫非常喜歡身材好的女子，而朵兒內在神秘外表瀟灑的氣度，令他折服。朵兒在下車時說了一句「你自己逛去吧！我一會兒找你。」可周自橫不知道這麼個小地方能去哪兒，只好學著朵兒的習慣，找個陰涼就地坐下抽菸。他喜歡聽朵兒說話，可惜她不愛說話。有太多女人在他耳邊滔滔不絕，全是廢話！

朵兒帶他走進了酒吧。沒想到，這裏已經聚集了很多人。酒吧的後牆是整排的木門，全打開著，後院很大，用木架搭起尖頂棚，上面爬滿藤狀植物，滿眼一片綠蔭。從裏到外的桌椅板凳已經幾乎

坐滿人，吧台旁是個小舞臺，朵兒說，一會兒有很著名的鄉村女歌手Sarah Storer的演唱。她喜歡她。

朵兒讓周自橫去坐，自己到吧台買票買啤酒和飲料，然後很愜意地坐了周自橫的旁邊，把啤酒遞給他。看著朵兒自信的來來往往，周自橫相信：這是個生存能力極強的女子。難怪她習慣一個人遠行。朵兒向他介紹，澳洲的鄉村音樂非常家庭化，這和地理生態有關。很多家庭式樂隊在世界上都很有名。一會兒就有個樂隊是兄妹四人，組合得完美無缺，尤其孿生姐妹中妹妹的小提琴，飛揚著拉出了靈魂！

然後朵兒笑說「你應該比我懂」。周自橫沒有解釋什麼，他沉醉更多的是這裏的氛圍，準確說是朵兒帶給他的豐富，美妙，又和諧的空間。一個女子穿著粗布格裙，脖子上系著紅色三角巾頭戴牛仔帽，抱了把吉他走上台，人們以掌聲迎接了她……

回程時心情甚好。朵兒說：你以前的旅行一定都是住五星級飯店，逛城市高檔古董店，什麼著名看什麼！那我就帶你看看這裏世界著名的十二米高的大吉他雕塑，拍張「名人照」，這我最在行。再去Information Centre買點紀念品帶給情人和太太，好不好？看著朵兒一臉掖揶的壞笑，周自橫心中有些無地自容，真想掐住朵兒細長的脖子！她什麼都明白。

「晚上我請你吃飯。然後再去哪兒，聽聽誰的歌？」周自橫提議著。「你不會自己玩兒嗎？和你一起的朋友呢？」朵兒吃驚地問。

「我在你身邊不說話還不行！」

朵兒黑亮的眼睛仔細盯著他看了看。

朵兒自己心中有著同樣的快樂，只是不想表達出來而已。

他倆又走到城中的街道上了。還是朵兒帶著他，一家家酒吧喝酒聽歌……

周自橫從沒想到過自己竟會如此地依戀起一個小他二十歲的女子！一生沒有這種經歷！他握住朵兒的手不想鬆開。

大街上，燈火通明中，人群在流動，混亂的琴聲樂聲，交織成一張網，罩住每一個人成長的記憶。什麼都是有可能的，這種可能性在讓生活一次又一次地徹底改變，向著美好的方向，儘管，結局總是差強人意。

5

回到飯店自己的小房間，是凌晨兩點。夏天午夜的涼風已經開始平撫人們燥動的心。喝了太多的酒！朵兒走進浴室脫光衣服，看著鏡中的裸體女人，用手指在鏡子上順身體滑動著，她聽到了自己心臟的顫動。

和周自橫相攙著走出酒吧的時候，她能看見他額頭上深深的皺紋，能觸到他柔軟的發絲，能嗅到他呼吸中淡淡的雪茄香味兒。這麼個儒雅高大的藝術家，敏感，直接，可又像個孩子，依賴著，拉著自己的手，難受時不怕在眾人面前掉淚……

朵兒已經不記得上一個和她散步喝酒的男人長什麼樣兒了。自從二十二歲剛走出大學，距婚期還差十天的早上，她被告知那個男人死在青藏高原的雪崩中連屍首都挖不出來，從那一刻起，朵兒的心就再沒動過。他是個攝影記者，比朵兒大十六歲。朵兒從小沒見過父親，十五歲時就愛上了他。直到他死，朵兒都只為他而活……後來，身邊的男人們，朵兒就再也看不清他們長什麼樣，也懶得去看了。朵兒獨自走路，從地球的那邊走到了這邊，也懶得再走了。

　　世界並不大，至少大不過心的寂寞。朵兒最後只有拿起相機，去留住時間留不住的東西。

　　周自橫。朵兒輕輕念著這個名字。

　　記得在酒吧裏她說「你的名字讓我想起一句古詩：野渡無人舟自橫」。周自橫聽罷愣住，竟有淚水慢慢浮上！──那正是他名字的來源，他母親是個國畫家，喜愛這句古詩。八歲時，母親去世。父親帶他離開了中國。他還說起，他曾經有過一個三年的中國戀人，號稱跟名師學過國畫，可竟然都沒聽說過這句古詩！後來，這俗女人連風雅也不想裝了，去做了個香港老富翁數不上號的姨太！當然，那會兒他的名氣還不大錢也還不多。

　　之後，他再不去碰中國女孩，娶了個非常漂亮，僅僅非常漂亮的澳洲妻子。

　　……

　　朵兒這一夜失眠了。眼看著晨光慢慢映白房頂的天窗，她無法趕開周自橫溫暖而沉默的男人氣息。

　　有這樣一個男人，和她一起生活在墨爾本市郊一片明媚的小農莊裏，再有個不能割捨的小孩子像水果一樣新鮮又芬芳……這是朵兒最終的夢。

　　正在猶豫著是不是起身，趁太陽還帶著淡淡紅色的時候，趁寂寞依然的一天還沒開始的時候，駕車離去，──她聽見有敲門聲。

　　是周自橫站在門外，靜靜地，腳下扔著個塞滿衣物的大旅行包。

　　朵兒凝望著他的雙眼，他們努力讀著彼此的心語，很久。

　　朵兒第一次放棄了對自己的抗爭，讓她說什麼呢？她知道躲不開了。

　　朵兒最終低頭把那個大包拎進了屋，然後回身拉起那雙手，緊

緊抱住了這個本該屬於她的男人。

時光在輪回轉世。

男人把頭深埋在女人溫潤柔軟的胸前，輕輕說「我要你」。

那段愛情在世代的共鳴中重複著：「……我在哭。女孩從沒觸摸過其他男孩的手。別人告訴她他太年輕，可她執意等待戰士的歸來，相信著愛情地久天長。她等待他重新回到家鄉，等待一封能讓她不再孤單的信，信上說，一位戰士正在回家的路上……」

6

在飯店的 一個角落有個小花園。花園的角落有幾級臺階，走下去，是個被樹蔭遮掩的小游泳池。池邊放著躺椅和大傘。

夜深處，滿城寧靜。沉浸在狂愛之中的周自橫，被朵兒牽著手蒙著眼睛來到了池邊。再睜眼時，只見子夜清謐的樹影婆娑中，圍裹著一捧如此純淨的池水，映著淒朦的月色泛著透明的溫存，竟似他深深迷戀的這個女子的心，甘涼，神秘，超凡脫俗。

高大的樹影隔絕了塵世，朵兒站在對面的池邊，看著他，坦然地脫下所有衣裙，夜空中，赤裸地從水中走向他，飄散的黑髮融入夜色，神聖的乳房掛著水滴，她帶著潔白的光環而來。

周自橫渾然忘卻了整個世界，伸出雙手接住這個彷彿從自己身體裏走出的靈魂。他托起朵兒漂浮著的腰身，把臉緊貼著朵兒茁壯的雙乳，輕輕咬舐著，就像有股親與情交織的一生的欲望，從他心底升起，傾瀉而出，奔騰肆意。女人的乳房是男人的故鄉。周自橫忘我地又一次進入了朵兒的身體，他站立在水中，強勁地，無法自控地，用那五十年蘊蓄的初戀的炙烈，猛烈穿透朵兒迎面而來的似

水柔情。他欲將朵兒緊緊裹在自己懷中，他欲將自己重新擠回朵兒溫潤的甬道，如同最初創世紀母性孕育嬰兒的輝煌！如果可能，周自橫寧願將自己的心捧出，伴隨著男性的圖騰，獻給朵兒……

這從未有過的情與欲的結合，融化著天使和魔鬼，周自橫止不住地呼喚著朵兒的名字，在水中樹下翻騰著星月倒轉，天人合一。

周自橫，結束了幾十年來無親無故的歲月。

夏日微涼的夜風中，水花兒漸漸平息，有一男一女祖露在天地間緊緊糾纏，有兩雙手彼此撫摸著起伏不盡的天籟中的激蕩，有時，他們還在懶洋洋地竊竊私語，身體相依，靈魂合攏，一切完美無比。

水遠天外的街上有人在唱：地－老－天－荒。

7

很久之後，凡在這一年去過Tamworth鄉村音樂節的人們都還記得閉幕的那一天。

那一天，在熱鬧得天翻地覆的露天舞臺上，一個東方男子站了上去。他是著名的歌劇音樂劇作曲家。他竟然演唱了一首自己作詞作曲的鄉村歌曲。他叫周自橫，他說他的歌獻給他一生的唯一的愛人。全場是那麼安靜，吉他在他的手下彈出蒼勁的旋律遠遠回蕩在小城的上空：

「我的媽媽對我說，有愛，才算活著。媽媽去世了，那年我
　八歲。
　她曾經的愛人對她說，有愛，才能活得好。愛人死在雪山
　上，那年她二十歲。

　　我走過大半個地球，找不到媽媽說的愛；她尋找了半生，得不到活得好的溫暖。

　　我不想在我遇見她時，是她的婚禮；她不願她見到我時，我已然妻兒成雙。

　　她等待著我，在世界的空白處；而我辜負了她，雖然我的心裏依然空白。

　　不要再次遠行，不要獨自沉默。

　　你說過你會站在農莊的門口，望著大路的盡頭，等候著一個消息，信上說

　　我將用我的溫暖，讓你今生不再空白。

　　不要再次遠行，我已經走向了你的莊園

　　不要再次遠行，我已走在歸途

　　……」

　　當這首歌兒滿城回盪的時候，朵兒站在窗前，傾聽著。身後的床上，放著一張機票，是周自橫的名字，回墨爾本的。

　　在機票下有張紙，寫著：這一程還是我自己走。但這是最後一程。我會在小農莊裏等待你，一直等。你不是「Travel' in Soldier」，不會有那個名單。你會來找我，你答應過我，答應過我的！

　　閉幕的那天放了煙花。

　　煙花下的舞臺上，周自橫知道，朵兒啟程了……

（2002年）

鐵道街四號（2009-2007）

1、有關記憶

有誰好像說過：時間仍在，是我們自己在飛逝。

我在我的生命中發現：一個笑容帶走了一年。

搬到了一幢新的房子裏。這房子靠近鐵道，可以聽到，也可以看到火車的穿行。每次火車開過時，有叮噹作響的紅白相間的路欄起起降降。

站在樓上臥室的窗前，放眼望去都是各種各樣彩色的屋頂，還有鐵道那邊綠色的山和樹。

我的記憶帶著很多故事，龐大得令我孤獨，就如同鐵道和火車，仍在的和飛逝的，即使遺忘了，也讓我感到溫暖。

已經有很多年不聽任何中國的流行歌曲，主觀地斷定那些不是音樂。可這次從中國回來的飛機上，帶著耳機聽了五個多小時。我知道，還是觸到了我的某些記憶，心中蒼涼了。

蒼涼了的又何止是記憶，還有很多的愛。

看了一部電影《The Reader》，其中貫穿男女主人公一生的畸戀：期望，失望，絕望，兩個人共同的過程，卻在完全不同的時間與角度，最後導致了死亡。故事是離奇的，表訴的感情卻能觸及到每位觀眾自己生活的隱密深處。

蒼涼的愛。不是無奈，而是寡情。你永遠不知道什麼時間該是你付出真情的正確時間。

另一部在柏林電影節獲獎的臺灣動畫短片《微笑的魚》曾有一句精闢的評論：幸福不在於擁有得多，而在於計較得少。

能做到計較得少是很難的事。於是，幸福也就是很難的事了。

叫《Revolutionary Road》的那部影片，表現一個普通家庭的夫妻爭執。依然是計較，依然不能幸福，儘管他們相愛摯深。

也許，因為愛，因為愛對感情的專一與佔有的本能欲望，注定了計較的存在，而且存在得如此苦澀難當無邊無涯。

《The Curious Case of Benjamin Button》卻是一部角度獨特的愛情片。時間的倒置與時間的順序使得男女主人公無從去計較。從一個年老的男孩和一個純真的少女相識相戀，到一個嬰兒躺在愛他一生的已然垂暮的老女人懷中衰老死去。

如何將愛情變成信仰？依舊蒼涼。

還有《Changeling》的那位母親，無情的各種折磨，可她致死在等待與尋找著已成為自己的生存信仰的兒子。

愛，就像是一場等待，等的人總是不來，漸漸地，目標就消失了，以為自己並不是在等，只是無所事事。然後是一種深切的虛無慢慢升起，看到了時間的盡頭。

電影看得多了，有時候記憶會模糊。分不出哪個場景是電影，哪個場景是曾經的真實生活。

在媽媽偶爾給我講述她過去的大家族的故事時，我的腦子裏的場面轉不出剛看完的電影中的法國城堡，卻有著穿中華民國時代裝束的人物在無聲地走動。混淆著時空觀念。

但我能分辨出氣味，能記得住三十年前走過的北京胡同裏滿樹槐花兒的香味。

我能分辨出聲音，能記起不更事的幼年聽到某首歌時身邊所有的場景，人物和色彩。

任何音樂響起，只要我能隨之起舞的，我都會被感動。

如同在繁華盛開的梨樹下閑坐，愛著一個人也被人愛著，且行且遠的路在腳下，心裏永遠有個簡單又鮮明的意願。

這就是記憶。風清月朗的故事。

鐵道街是一條很短的小街，不過十戶人家，隨性地生活。開著帶鬥工具車的男人們關注陽光和啤酒；老人們每天在仔細地給門口的幾株玫瑰澆水。

我簽約這幢房子是在回國之前的忙亂中，搬家是在回國之後的忙亂中。

住進來後才靜心觀看自己的新家，感到這房子似曾相識，似乎帶著我所有的記憶，因為，它明亮得容不下角落，風從前生刮到來世。

我沒有記日記的習慣。這次回國我倒是在寫。後來發現，日記裏記下的遠不如我腦海中的世界豐富。聲音，氣味，氛圍的色彩，都存留在一部不用導演的電影裏，如此確定。

那是天津，一座我眼裏無雪的冬天的城市，一個轉身離去的寒冷中的背影，一片白色的蕭瑟的空氣，帶著欲望的霓虹。

鐵道街四號。

我說：一個笑容帶走一年。我決定把記憶中的所有笑容都交給我的鐵道街四號。

2、天津日記

不記得從什麼時候開始，我喜歡舉起照相機對準生活了。

也許因心存的留戀太多，也許因生活的過程太快。只有在按下快門的瞬間，一切才能為我而停止。

用心中的高貴抗拒命運和時間。

A：一月。去天津。

出門的那天，看到新的一期《澳洲地理》雜誌在信箱裏，順手把它插進了雙肩背旅行袋的側兜，於是它伴著我走了趟中國。

路過新加坡時，愛上了新加坡機場。那是個溫馨舒服的機場。角角落落散佈著各式各樣的小型沙發和咖啡桌，環繞著一棵棵綠樹。燈光是橙黃暖色的調子。某個角落裏還有一個小小的植物園，茂盛的植物中間紛飛著幾百隻彩色蝴蝶。

在機場中心吃了碗餛飩一類的東西，靜靜地等待飛機的時間。

一切平淡無奇。這個機場溫暖得像家。

B：到了北京馬上被塞進車裏開往天津。

冬天。北方的鄉村。有殘雪在田野裏。滿眼蕭煞。灰色的天空和深褐色的土地開闊無際。細細禿幹的樹枝如同畫筆掃過。農舍即便是新建的依然呈青灰色，方方正正的圍牆括住內方院，大北房。

記得上大學時曾在冬天騎車到過這一帶鄉村玩兒。那時候沒有這麼多汽車，大路上更多的是拖拉機，小卡車和牛車。可氣味還是一樣的。我能想起二十幾年前鼻子聞到過的味道，冬天北方農村的味道。

　　記憶這東西，對人，也許終究是會淡漠下去的；對物對景，溝通卻永久地存在著。

C：天津對我是個陌生的城市。雖然穿行於它的夜晚，同樣有著燦爛的霓虹。

　　之於城市，我的介定方式是：如果身在其中，由於它的存在我能更喜歡自己，並影響到自己的內心天地，那我就會愛上它。

　　十八歲的那年去過一次天津。也是冬天，放寒假。一個曾經在中學很親密的女孩子當兵回北京探親找到我，約了一起去玩。我那時很不情願，因為正在初戀。三天的天津之旅我什麼也沒看見沒記住。走了那麼遠，只是一聲問候。

　　後來初戀結束了，和女友也極少聯繫。偶爾還接到她的信，感到沒有了回復的能力。其實，和她挎著手走在天津大街上時，已經山不是山水不是水的了。

　　這兩種感情都一樣：真切，但從不堅韌。

　　後來我懂得了，要把愛情和友情都當成是一種思維方式，一種信仰，即能長久。

　　這次的天津，便有了歸宿。

D：清晨起來，從酒店走出去，空氣冷得刮臉。街上滿是穿著藍色紅色麵包狀羽絨大衣的人們，呼出白色的哈氣，大聲說著話。地上背陰的地方有著殘留的雪。

　　那條海河結了冰。從橋上過去，看得見三三兩兩的人在鑽了冰窟窿捕魚。電視臺的高塔下圈出了個滑冰場。冰場裏面的故事應該最是冬天的浪漫，多少中年人都沉迷過那部《夢開始的地方》。回憶帶著刻意的蒙蔽，借此過渡生命的荒蕪清涼。

天津是座帶有殖民氣息的城市。不是人，而是建築。

走在那片曾經的租界區，這裏的故事應該是天津的沉澱。聽到過很多老人的講述，也有朋友的童年少年時代。意式，英式，俄式的建築群，雕刻著歷史的形象，所有的悲喜卻早已灰飛煙滅。

我和幾個人站在「義大利」街邊抽菸，抬頭看著圓場中心高高的天使雕像，無論時代政權民眾如何熱鬧地更替交錯光影閃動人氣喧囂，她始終寂寞得無聲無息。

一瞬間，我想起了口袋裏的那本《澳洲地理》雜誌，想起了昨夜剛讀完的一篇寫南澳的一個向日葵農場，配了一張照片：大片盛開的向日葵在陽光下蔓延著熱烈的金黃色，疏緩地鋪陳到目力所及處，上面是安寧的藍色的天。

我的渴望不過是，推開窗可以看到樹葉上的露水閃爍著光亮，身邊有心愛的人熟睡平靜的臉。

可那些漂亮的被整修一新的西式洋房，依然帶著頹敗，帶著磨滅不掉的漫長的時光痕跡，帶著憤怒和忍耐，和，死亡的美。

我拍下照片時，拍下了天津的傷口和欲望。

E：在天津的幾天裏，又和好些人有了好些約定。但我知道，所有的
　　約定都不算數。只有自己相機裏的圖像是不變的，停頓凝固，
　　無法延續，像化石。

我離開天津的那一刻：我從座位上站起來，看了一眼人群湧動的檢票口，拿起煙盒，裏面還剩最後兩枝煙，我說「咱們抽完這枝就走」。

3、火鳥

「遠古洪荒的年代，在一片灰白色的貧瘠冷漠的疆域裏，魔鬼科斯塔統治著眾生物。一隻神奇的火鳥時時降臨這裏，帶著紅色的溫暖和光亮。王子伊凡打獵經過，被火鳥的美麗深深吸引，追逐而來，闖入魔鬼的國土。他終於獵取了火鳥，火鳥卻對他說：放我自由，我帶你找到愛情。火鳥給了他自己珍貴的神力羽毛作為交換，伊凡於是還給火鳥自由飛翔。隨後，他見到了被魔鬼囚禁在森林中的公主，倆人相愛。伊凡為救公主脫離魔掌，借火鳥羽毛之神力與科斯塔在魔鬼林中生死搏鬥。火鳥再次飛來，拯救了愛情，帶給了魔鬼的領地以紅色的希望，眾生物重新綻放出燦爛的光芒。然而，即便是在伊甸園，魔鬼依然會藏在深處，伸出虔誠的雙手，捧上罪惡的紅蘋果，等待著人類欲望的到來……火鳥救不了整個人類。」

——芭蕾舞劇《火鳥》劇情

澳洲的芭蕾舞導演Greame Murphy重新編劇重新詮釋了早在1910年就震撼俄羅斯的現代芭蕾舞劇《火鳥》，衝破了大團圓的傳統，以新的現代觀念的結尾部分重新為《火鳥》定位，再次搬上舞臺。

我喜歡這個新的結局：魔鬼的疆域依然灰白冷漠，眾生物依然帶著憔悴暗淡的綠色，伊凡和他的公主赤裸著身體，如同伊甸園中的亞當夏娃。美麗紅色的火鳥在遙遙地呼喚，張開她烈焰般色彩的雙翅。然而，公主正在被緩緩托起，伸出雙手正在去摘取空中魔鬼遞出的紅色欲望的毒蘋果。

隱約的荒蕪。一眼看透的世間真相。被拯救的愛情在走向充滿欲望的隱匿高度，雖有剎那電光照射的存在，卻借此有恃無恐地走向過錯和失落。

這是千古不變的公主王子的愛情，也是凡夫俗子的婚姻。

只有火鳥充滿驕傲：給「敵人」以愛情的誘惑，換回自己的自由飛翔。她早知這是場悲劇。

那位俄羅斯當年因此劇一炮走紅的年輕作曲家斯特埃維斯基在結尾用了宏大的管樂交響象徵愛情的勝利。而這次改編過的結尾卻仍然搬用了經典的原作音樂，令人稍感遺憾。

也許，應該用點大提琴，那種糾纏停頓的蒼老。再配點鋼琴，鋼琴的清晰明朗屬於自由。

走出劇場時，身邊的人們都還在欷噓感歎著愛情在舞臺上的斑斕色彩，我卻是愛定了那只聰明的火鳥：她最先最可能愛上被她吸引的王子，可她只摘下自己珍貴的神力羽毛相贈，只為天空與飛翔。

記起剛讀完的小說《沉靜的美國人》，其中有一句話這麼描寫愛情：我們都是傻子，在我們相愛的時候。一想到會失去她我就害怕。於是我乾脆就奔向終點。我要讓死亡提前到來。

破裂。像天花板上掉下來的灰塵。無奈。像暮春櫻花在風中慘烈地飄逝。

喜歡一樣東西，一本書，一場芭蕾，一個人，其實並不容易。太多無緣無故的消失，你都不會去存心。喜歡，卻不帶任何基礎，它直接，挑剔，深刻地到來，充滿真誠的個性，自自然然地湧動。

從來遠離都市裡的一切色彩與聲囂氣味，但偏偏喜歡盛宴結束後去走夜間的都市街道，尤其天冷多風的時候。自己的手死死攥住另一個人的手，漫天飛舞的頭髮遮掩著清醒的接吻，彷彿在動盪不安的世間不再存有留戀，斑斕的霓虹變幻無常地潑撒在身上，耳畔

傳來某個酒吧裏小號明亮悲愴的爵士樂曲，汁液般飽滿的欲望充盈了身體所有器官，街上所有女人都成了妓女模樣。

這就是無可言愉的生之歡樂和蒼涼。

沒有原因的喜歡，構築了普通生命的神聖的精神世界。

華麗的大幕徐徐升起的時候，就像乘上了一艘燈火輝煌的客船。

小小的我曾經站在船上，也穿著火鳥一般的紅色。

芭蕾老師說：你的腳尖就是你的心，你的雙臂就是你的魂。

火鳥飛來，天光透紅，義無反顧地抖動著翅膀；樹林中的精靈舞動白色的夢幻迎接著王子的愛情。

我曾經問老師：為什麼芭蕾舞全是愛情故事？

老師說：因為簡單而美麗。

火鳥的雙翅像火焰，在黑色的舞臺上伸展翻騰，絢麗耀眼。

那是孤獨和驕傲。那是不勝寒的高高在上。

在離開那艘船很多年後，我想我終於懂得了舞蹈與愛情。

——那是那艘客船上每一個舞者心中全部的海洋。

火鳥的飛翔帶著一種盛大。不猶豫，不盲目，只奔向自己的天空。是不是有寂寞和眷戀？在生與死的對照裏，展翅的那一瞬間，確定了她大海呼嘯般從容不迫的孤獨。

也許，在她飛越過一片曠世美景時，心中也曾懷著對王子的輕輕的寥落：「可惜，你不在我的身邊。」

4、簡單生活

經常有一種感覺：和機器打交道要比和人打交道安全可靠得多。

　　一直是喜歡車的，喜歡看賽車，喜歡看別人自己動手改裝過的車，喜歡看路上擦身而過的一輛輛便宜也好昂貴也好的車，然後去發現某輛車的特殊。

　　車對於我，和價格無關。一輛新的賓士寶馬不會比一輛改裝過的七十年代的Gran Torino更吸引我。

　　對待自己的車勝過對待朋友，因為知道：對車照顧得好，車是肯定用辛勤為你工作來回報你；但對人，沒有這種平等的回饋，你甚至不可以去期望，想想都是錯。

　　所以自己的車即便是那輛很老很舊的，依然該保養時保養，該維修時維修，一分錢不去省。學習最基本的機械常識來瞭解它，愛護它。

　　那輛老馬格納其實沒什麼使用價值了，很偶爾需要它。但還是定期開一圈，沖洗一次。知道它一直都好好地呆在那兒，心裏是踏實的；聽著它引擎熟悉的轟鳴聲，心裏是快樂的。它以前是現在也是我生活中的一部分。

　　後來，又有了自己鍾愛的照相機，攝像機。都是首先把Manu讀得透透的，首先知道如何不傷害它們。於是也很清楚地知道它們從此不會傷害自己。因為它們簡單得只需要一份關愛就會努力幹活。

　　出門的時候，有車，有相機，心裏就有了彼此能照顧的夥伴。

　　西方人說：工作是為了什麼？不過是為了掙錢來實現自己的所愛，所好。愛車，愛賽馬，愛音樂，好讀書，好運動，好旅行，都可以通過工作來實現它。就這麼簡單。

　　於是，常常對孩子們解釋：生活中是要有所愛好的。有愛就會一切變得簡單而快樂。否則，再「高尚」的工作都是枯燥乏味的。

很懶得去主動結交新朋友，只不過在等待人們的自動消失，剩下來的，就算是朋友吧。

始終覺得自己還是待人真誠乾淨的，可卻不容易與誰靠得很近。也會有想找人聊天兒的欲望，可翻開多得轟轟烈烈的電話號碼本，最終也不知道可以打電話給誰。

清清冷冷的心情，慢慢就習慣了。習慣了回過頭還是去擺弄自己的幾台機器或去開車。

早上醒來時，最下意識的就是聽，聽鄰居的車聲，哪輛車在發動，哪輛車出了門。在還沒有認識清楚車的主人是誰的時候，已經熟悉了周圍幾輛車的聲音及規律。

曾經因為只認車不認人錯過了心中最想做的事和最想見的人。

我的機器們教會了我安靜地關注生命的細節：陽光中的灰塵，大雨後的氣味，野兔子的奔跑，老年人的蹣跚，袋鼠群在夕陽下祥和地凝視遠方，籠子裏的鳥渴望自由的眼神……

我的車教會了我世界的公平：你若要前行，就必須離開你現在停留的地方。

就是這麼簡單。

常常默默地守著我的機器們，常常對它們說出我心裏的一個願望：什麼時候我們能換個位置，我做機器你做人？！

5、死亡：平凡的寂寞和悲哀的鳥

去山下的畫店買顏色。

畫店是一幢坐落在樹林間兩層的古老的泥土青石結構的房子。

今天，門上嚇然地貼著一張燦爛的照片，下面寫著：Angela已經逝去，我們帶著悲哀繼續來到這裏。

Angela五十多歲，一頭蓬鬆的灰色長髮，藍色寧靜的眼神。她這兩年一直在畫店幫忙，是個畫家。

她死了。和丈夫Reg和愛犬Baci一起被燒死在家中，就在那個被森林大火覆蓋的「黑色星期六」。

大她近三十歲的丈夫Reg是個舞臺劇演員。倆人帶著狗住在山中一棟普通的木房子裏。有樹，有鳥，有泉水流過後院。有愛情，有藝術，有朋友，有本地爵士樂手喜愛的週末沙龍聚會。

走進畫店，Jenny看著我說：一片灰燼，只能找到有限的幾塊骨頭。

櫃檯上放著一本雜誌一樣精緻的書：《每個人都有可說的故事，這裏的故事只是關於Reg和Angela》。是大家的朋友，殘疾人Steve為紀念他們倆而制做的。

我不敢翻看。Angela的美麗還在屋裏飄蕩著。

我沒有一句話。自己埋頭挑選顏色。

Jenny的聲音在我身後：那天，那火，就是一根鳥蛋粗的樹枝都能擋住一輛車，都能讓一車的人斃命！

我擺擺手。付錢。出門。

天很藍。車很多。人很匆忙。生命卻很寂寞，起起落落，先後淪陷在消失中。

小的時候，其實也不很小了，喜歡看樹葉慌慌張張地飄落，總覺得它們在急於掩蓋什麼秘密。於是扒開落葉尋找，發現：不過是土地。

大一點，其實也不是很大，喜歡看著天上的雲，琢磨那雲過後的天空會露出什麼奇跡。脖子仰累了也還是只看到亙古不變的空洞無物的藍天。

學會了開車，就開始整天往山裏鑽：山的後面是什麼？還是山！

十年前回到北京的父母家裏，終於發現有機會去打開那個儲藏室深處的箱子，那個我好奇了半輩子，追問了半輩子的漂亮的紅木箱子。打開：毫無遮掩地一眼看到了箱子底！原來和半輩子前母親對我說的一模一樣：它是空的。我卻始終不信。

生命寂寞得沒有奇跡。消失得如此平凡。

紀念Angela的書中有位朋友寫：你永遠看不見我寂寞，因為只有在看不見你的時候，我才最寂寞。你也永遠看不見我最愛你的時候，因為只有在看不見你的時候，我才最愛你。

人，一定要等消失之後才肯面對平凡的生命，和平凡的愛嗎？

在眼淚還沒來得及湧上來的時候，笑容又倔強地爬上了眼角唇邊。

這就是同樣平凡的寂寞。

如果有下一輩子，我想，我一定不再寫作。不再在文字的流離失所的精神中寄存感情。

等孩子們問我：什麼是我最喜歡的動物時，我一定不再說是那只孤獨的鷹，要說是大雁，一隻和它的伴侶依偎著一起飛的大雁，那麼簡單，那麼快樂。

我要做個普通的人，幹一份普通的工作，有一種普通的愛好，像什麼修整花園，改裝汽車。

一定不再寫作，那是一種暗無天日的自殺！（杜拉斯這麼形容的）

晚上，去墨爾本市區邊上的Brunswick街閒逛。雙手插在裙子的兜裏，頭髮長得寂寞地自己糾纏在身後的風中。

風中，接了一個電話，一個女友在病床上也很寂寞，說：我的身上現在插著九根鋼針，同時在射殺著那個癌塊兒。它已經從饅頭變成餃子了。可，真是不好玩兒！我說：你告訴醫生你餓了。

風中，遇見了Grace。和她坐進了「黑貓」酒吧，大聊二十年前的「黑貓」。當年，她就在這兒打工；當年，我們都在戀愛，一點兒不知道什麼是寂寞。

二十年前的「黑貓」充滿了默默無名的專欄作家，漫畫家，詩人。

Grace在離開「黑貓」之後成了同性戀者，經常居住在塔斯馬尼亞和西班牙。還是以調酒為生。

風中，我繼續往前走，氣定神閒。心中有片湖水，自己知道，會在毫無悲喜的某一瞬間，就波瀾起伏，將自己淹沒。

街上貼著好多廣告，好多不錯的攝影照片，裏面好多非洲和中東的難民睜著黑而深的大眼睛，空洞無物地看著每一個行人。

樹枝在街燈光影的照射下，在地上晃蕩晃蕩，像是啞巴的手語。

我突然想往家的方向走，而且走得很快。

因為我想起了神話中的那只最悲哀的鳥：

它沒有腳，只能不停地飛，一直不敢歇，一直飛到死去。

6、二十四小時

家門口有兩株白色的玫瑰並肩長著。高大且茂盛，兩米多高，開著近百朵花。

媽媽曾經稍露微詞：怎麼是白的！紅的多好。

可我喜歡白的。潔淨，沒有張揚突顯的性格。

即使下雨，土地上濕潤著一層潔白的花瓣，樹上的花朵卻依然兀自盛大著。像某個女子的愛情：任性，又決斷。

我的一天是開始在晚上十一點左右。這是我工作的開始。無論是寫還是畫，一直到凌晨三四點鐘收筆。

這種工作狀態已經持續很多年了。一天二十四小時中的一段自由自在的全然自我的時空。

深夜的靜是伸展著的，如同另一個世界裏的放肆。有時打開門喝咖啡抽菸，揪一片白色的玫瑰花瓣放在嘴裏嚼嚼，也會把花瓣放到咖啡裏，芬芳的味道散佈在黑色的視線外。

也有不工作的時候。那就帶著耳機聽音樂，或低低的音量放著Jazz，讀小說，翻看畫冊，編輯照片玩兒。看地圖是一件喜歡的事，像在飛翔，假裝在做一生一樣漫長的告別。

喝杯濃烈的咖啡，不停地抽菸，在屋子裏光著腳無所謂地晃來晃去也是經常的。

做Cheese加魚子醬的三明治吃，對著瓶子口喝幾口紅酒，站在窗口望著什麼也看不見的窗外。Dido在窗簾後面悄悄地唱：Life is for rent。

寫作實在是一種需要真誠與個性的工作。而我的寫作前提，就是為記錄自己敏感豐富的內心。這麼種記錄，我想就是對時間最真實的記錄吧。

所以我的這段工作時間中，不需要有別人，不需要有一絲世俗的嘈雜。

　　黑色對我是種溫暖。那樹白玫瑰是星光的降落。

　　這段時間於我，有情有意。

　　七點半起床之後，就是天色大亮，世界無遮無掩的時候了。

　　我會在送孩子們去學校之後獨自閒逛。但從不走遠，就在家門口的小鎮中心。

　　Volumn的咖啡做得最好，還有報紙看。能遇見不少熟悉的鄰里，能聽到不少鎮上的閒言碎語。我對身邊社區的所有資訊幾乎都來自這裏。

　　順山而建的小鎮，商店都是階梯狀的。水果店有大而香甜的新鮮桃子。透過木板釘的牆壁縫隙，可以看見山坡上的綠草。

　　小書店裏放著爵士樂，一絲絲糾纏婉轉著傳到街上。

　　圖書館前面有個小湖，野鴨子成群結隊。如果有人在餵麵包碎，就會被鴨子們簇擁得找不到退路。年輕的母親們推著孩子車在山坡草地上散著步，老年人三三倆倆在圖書館外的咖啡廳裏聊著天，東張西望。

　　一切過於完滿而豐盛，使人覺得時間停頓了。

　　我回到家中上網，查信。然後睡覺。

　　再睜眼後的時間就是屬於喧囂的社會了。

　　其實，家，是該脫離了社會而單獨存在的。那麼，日子，也就會有脫離了社會而單獨存在的那麼一段時間。

　　這段時間，是人生活中的真正歸宿。

　　二十四小時的日子，不用去計畫著過完它。其中有那麼幾個小時是自己心的從容的歸屬，就不枉過一天了。

因，自己心中的一切，不過只能在被許可的範圍內自生自滅。生命隨時會只剩下一天裏的幾個小時，再無多舛。

今天遊完泳的時候，坐在前廳裏喝咖啡。旁邊一張桌子圍坐了三個媽媽和五個十歲上下的女孩子，穿戴極其普通，頭髮都還是濕露露的。

一個很粗糙的家做的蛋糕擺在中間，兩隻蘋果兩隻橙子切成了幾塊放在盤子裏。

她們在唱生日歌。

這是我見過的最簡單隨便的生日PARTY了。甚至沒有生日蠟燭。可，都不重要。過生日的女孩子依然滿臉是幸福快樂的笑容。

我想：怕是只有這一刻才是她等待的，才是屬於她自己的。這一天中已經過去了的十幾個小時，對她，曾經是多麼漫長而無用！

我們一生能記住的，無非就是這樣的幾個一天中的幾個小時，別的，就像流水在自己手中，無論攤開還是緊握，都消失流淌得一乾二淨了。

7、在路上

上路，是不可控制的嚮往。

車太多，拐下了高路進入村鎮間的小道。於是，能看見一簇簇筆直高大顏色黃綠參差的楊樹，在路旁的陽光中細碎地閃動。

還有前廊爬滿葡萄藤的老酒吧，靜靜地站在小鎮的路邊，兩層樓的頂端插著個圓圓的紅色酒牌，背襯藍色的天，很寂寞。

　　找了個加油站買水和菸，價格比想像得便宜。路上車很少，太陽暖暖地鋪陳下來，空氣裏全是植物的味道，平淡，沒有故事。

　　交錢的時候和裏面的店員說話：今天很安靜？他說：一點也不。前面百公里外的大鎮有節日，生意挺旺。我說：那好啊！他說：不好。我還想去呢，可脫不開身。我說：我幫你看店，你去。他說：真的？我說：假的。我正是要去那裏。

　　在半路，停下車拍照，打開後箱換鏡頭。有車停在我旁邊：需要幫忙嗎？我搖頭：不需要，謝了。

　　開在村鎮的小路上，會遇見很多隨意又舒服的鄉下人。樸實的感覺。他們讓我成為我自己：不想說話的時候可以不說，想說話的時候可以多說。誰也不認識誰，所以可以說真話。陌生的，卻是最安全的。

　　開高路，有時就像參觀皇宮。取道是寬闊舒適，也山川平蕩，走馬看花，體會個輪廓，固然好且易。可看不見細微和真實。

　　村鎮之間，卻有炊煙和集市，有從古老房子的後院探出來的一樹金黃一樹火紅的色彩，有無限親近的燦爛的花和草。

　　坐在臨街的小店外喝杯咖啡，認真酣暢地吃他們家制的熱漢堡，也許還能邂逅一場落日夕陽帶來的愉悅。

　　也許，還會坐在酒吧面街的座位上寫封情書。專注地快速地寫，用鉛筆，斜著寫。在如今的E時代，還能用筆寫信，實在是種浪漫了。封上信封，貼上郵票，投進小鎮路邊紅色的老式信筒裏。不知道幾天才能到達開車不過才三小時外的城市。再想像著對方接到情書時，打開，閱讀，一臉驚異與溫柔的樣子，這就是瞬間即逝的愛情了。

其實，就在上路的前一天晚上，剛剛和幾個朋友在市中心一家昂貴的法式餐廳聚餐。那是家曾經墨爾本最好最貴的法國餐廳之一。

燭光，紅酒，輕言淺笑，香衣蘿裙。朋友們舉著水晶酒杯在聊著週末，相約著週六會去Hanging Rock下面的西餐廳午餐，周日會去De Botoli葡萄園的豪華餐廳午餐。大家都在微笑著點頭稱好。

我心裏快樂，因為知道第二天早上我就會離開。會把長髮編成辮子，會套上牛仔褲和平靴，會把衣服繫在胯上，抗上機器，會一腳油門一百公里地獨自遠遠離開。

於是我很踏實。

生命於我，是藍得致命的天空，和天空下的無盡的路，和路上的故事帶來的真實的悲喜歡愉。

總覺得，路上的感覺，瞭解的人不多。

大家都喜歡趕快趕快地到達終點，終點才是行程的目的，路上的一切都是過程。

曾經很多年前做過導遊，接待過太多的人在路上是睡著覺的，到了以後也不過忙於照相留影，對自己表示一下到過了。然後鑽回車裏，等著下一站。緊張又刺眼。

面對他們，明白了這個工作是不必付出感情的，因為他們對自然，徹底地沒有感情。

也是結束了導遊的工作之後，開始喜歡起獨自開車行走，獨自上路。也越來越喜歡離開人群。

過程和結局就像年少時寫的情書，那時坦蕩溫柔的心緒是此後一生無法再恢復的愛的能力；成年後關注婚姻了，那種少年的純潔就不再了。可，那個過程，才是你感情最真實的財富。

如果僅僅是為了結局，我們何不從出生直接走到死亡！

8、爵士樂的情懷

她對爵士樂的喜愛，是帶著一份情的。

酒吧裏，暗淡的燈光中。中音薩克斯幽閉的糾纏婉轉，小號淒清漫長的寥落無依，黑人女中音歌手顫抖著把人們心底最隱密的私情唱出來。

音樂是極端帶有個人感情的一件事，帶有排他性。

她卻更愛在明媚的鄉間聽爵士，在葡萄園的浪漫中。那麼，心事也就隨著樂曲傾瀉在陽光下，散佈在風中樹上，無依無靠。

星期天的下午。

她在家裏對著鏡子把長髮梳直，長而茂盛的頭髮乖順地披在後背，閃著深棕色的光澤。穿好簡單的牛仔褲和黑色背心，登上靴子，出門。

秋天，依然明亮的陽光直直地照射下來，如同令人局促不安的生活。她眯起眼睛，坐進車裏，開走。

駛過一個半山的小鎮，路兩旁豁然開闊出山間起伏的葡萄園，舒展地延伸到目力所及處。一間咖啡酒吧建在葡萄園的坡頂，兩層，下面一層懸空延長出去，彷彿伸向空中的手，用白色厚厚的帆布遮住陽光，幾張桌子散落在帆布棚下，滿眼是綠色的山野和齊整整暗紅色金黃色的葡萄藤。一群品著葡萄酒的人們衣著淺淡明亮。

每個星期天下午，這裏都有小型Jazz樂隊在演出。

她還是點了一杯沙得內白葡萄酒，挑了個角落的位子坐下，靠著欄杆，一覽葡萄園和山坡的起伏。

　　她是來等人的。每個星期日都來這裏，等一個一起陪她坐在這兒喝著葡萄酒聽Jazz的男人。他們第一次來是在夏天，也是這麼個美麗的下午。他們在路旁的游泳池相遇，遊完泳一起出來聊天，於是就閑閑地晃蕩到這兒。她濕漉漉的頭髮帶著新鮮的氣息，素面朝天。他們面對著面，說不完的話絲絲縷縷如同Jazz的旋律糾纏在空氣中。一杯沙得內白葡萄酒喝了兩個小時。她的頭髮慢慢被風吹幹，在白色的光線中是一片濛濛的霧一般的金褐色。那時，她就知道自己愛上了面前坐著的這個男人。

　　還記得那天，這兒有個兩人樂隊，男的彈電子琴女的唱Jazz。男的瘦瘦的一張老英國人的長臉，留著鬍子，戴著頂花線編織的圓帽；女的豐滿些，四十來歲齊肩的黃色捲髮，戴著黑框的方形眼鏡，一件藍紅相間的大花連衣裙。她的聲線很性感，不高不低地抑揚婉轉著。她坐在一個高凳上，雙手垂在膝上，身體緊靠著話筒唱得很七十年代，是那首Helen Merrill著名的「Summertime」。

　　七十年代，是上個世紀的經典年代，歐美的藝術音樂和人文，總是帶著迷惘的懷舊之情真實而頹廢。還有愛情。一個充滿慾望絕望和遺棄的字眼。

　　她一直覺得，愛一個人是一件簡單的事。像一個每天經常重複的好習慣。她不喜歡懷疑和挑剔，不喜歡血肉橫飛的感覺。

　　所以，她對他的愛淡薄而持久。

　　星期天的下午，隨便他來還是不來，她都不緊張，也不針對著確定一個執著的方向。因為她很清楚他是知道自己在這兒的。

　　他們倆就像在路途中邂逅相遇的旅伴，都走過荒涼疲憊的長路，相約一起坐在山中的葡萄園裏，喝杯酒，長時間地傾談。

　　過後，他們還是要各自孤獨地繼續走路的。

就在這麼一段時間裏。他們彼此之間交換著過往的歷史，記憶，和信任。談著，笑著，醉著，袒露自我的脆弱和自卑，還有生命中重要隱匿的部分。

但，對各自，並無所求。

今天正在駐唱Jazz的是一個人。青石牆上的廣告寫著他的名字：Steve McCollin。他遠遠的目光射過來，說：我想把一首歌兒獻給坐在那邊的那位女子，希望她喜歡。她抬頭四周看看，知道在坐的只有自己是一個人，像個失戀的怨婦。可，想走已經不可能了，只好禮貌地點點頭。

「Throw it away, give you love, live you life, every each day
Keep your hands wide opcn, let the sunshine through
You' ve been never ever lose a thing if it belongs to you」

她笑了，她知道不是那麼回事。因為她看到自己心愛的男人已經到了，他還是像第一次一樣，慢慢晃蕩著從葡萄園中走過來，帶著像第一次他們聽Jazz時一樣的那麼無所謂的笑容，遠遠看著她。

她向著自己心中的男人舉了舉酒杯。Jazz還在繼續，緩緩起伏的山野，秋色繽紛，陽光普照，一切簡單無華。

9、再現真實

剛剛看完了電影《Gomorrah》。

覺得影視藝術的表現越發寬廣，越發敢於再現真實了。仍然通過傳統的手段，仍然運用規範的技術，可表現的，卻遠遠超出了人

們概念裏一般的電影故事片所應承載的內容。

　　《Gomorrah》不是一部傳統意義上的故事片，拍攝手法非常紀實性。五個事件同時講述。鏡頭以肩扛機跟蹤拍攝居多，甚至室內鏡頭都很少補足光，僅僅是自然光線。用的全是本色演員。

　　影片講的是義大利南端Camorra和Naples小城中黑社會販毒的現實狀態，被稱為「真實的教父」。在過去的三十年中，Camorra因毒品戰爭死掉四千人。毒品滲透到社會生活的各個層面。生活在那裏的年輕人，清楚地明白「適者生存」的道理，早早就走上了這條路，也早早就開始為此喪命。劇組到達Naples時記錄道：從這裏的內部看到的真實生活，你會發現，完全沒有清楚的好與壞的分別，這裏是片灰色地帶。

　　婚禮在巷子裏喜慶著，孩子們在樓邊踢著足球，年輕的毒販子身上別著槍帶著一塑膠袋裝滿幾十個毒品丸在一手收錢一手散發，幾百米外的另一幢樓裏，槍聲大作，不知哪一邊的人又倒在血泊中，警車拉著警笛來來去去。

　　那裏，人命不如毒品值錢。毒品買賣的戰爭，比伊拉克，比海灣戰爭死的人還多。《教父》裏曾經表現的義大利黑社會，是具有誘惑性的藝術場面，有英俊的男人們還有愛情；而《Gomorrah》所展現給世人的，是真實的殘酷和窮困的黑暗，是以橫屍街頭作為代價的年輕生命的無知無畏。十五歲的少年走進山洞，穿上防彈衣，面對槍口迎著子彈被「測試」其勇敢。他們彼此之間的談話是「我們在打仗，我們隨時會喪命」。他們可以坦然自若地帶出無辜的鄰里百姓，然後平靜地聽到槍響看著身邊他們倒地身亡。

　　黑社會的命令：如果一定要選擇的話，我們寧可殺婦女不殺小孩，因為我們需要孩子們繼續我們的事業。

《Gomorrah》：充滿罪惡的城市。

故事片用紀錄片手法拍攝，似乎開始成為一種潮流。目的很簡單：為了再現真實，為了少些偽飾。

導演們越來越重視細節處理，注重情節而不是故事本身。《Gomorrah》幾乎沒有什麼故事性，但情節性卻很強。五個事件都稱不上好的故事，不過是關於普通人在生活中被毒品戰爭搞得四分五裂。可每個事件都充滿驚心動魄的生與死的情節。

這種真實拍攝的回歸現象令觀眾們回味。它起到了引導觀眾的視覺及心理作用，沒有盲目迎合市場，卻贏得了人文學家和影評家的一片喝彩。

這又讓我想起前不久看過的一部歌劇《Lady MacBeth of Mt Sensk》。

當時看完歌劇時，非常疑惑。在我的心目中，我只能夠去欣賞像《卡門》《蝴蝶夫人》那樣的經典。歌劇，是應該裝束高貴，佈景講究的貴族藝術。可這部《Lady MacBeth of Mt Sensk》卻表現的是上個世紀三十年代的蘇維埃政權下底層人的骯髒的感情生活。雖然翻版了莎士比亞的《馬克白夫人》，但，滿舞臺儘是衣著襤褸的工人。待劇終謝幕更有甚者：清一色是囚服。

這是俄羅斯大作曲家肖斯坦柯維奇的作品。一九三六年在莫斯科上演時，史達林曾經前往觀看，可，只看到一半就拂袖而去。劇中所表現的現實的具有真實性的暴力，性交，謀殺等場面，令觀眾耳目一新，自然也令當權者汗顏。

這是現代歌劇的表現手法：注重時代感，注重情節的真實化。

一直不肯看電視劇，只喜歡電影，是出於同樣原因。拍攝手法兩樣，拍電視劇時，編劇的力量用得過大，過場走得太多，離開了藝術的範圍，是工匠手裏的產物。尤其中國的戰爭題材電視劇，其實不過就是部一個半小時解決問題的電影，一定要拉長至三四十級，還能剩有什麼藝術效果呢！愚弄觀眾，導演演員同時在自我愚弄。

其實，我們應該承認：我們在生命的不同的時期，都一直有機會接觸全新的東西的，無論我們年齡多大，多老，我們永遠會缺乏經驗。

學習點新的，比妄自尊大總歸要山清水秀些。

懂得了再現真實，就懂得了尊重觀眾，也懂得了尊重自己。

１０、光與影的癡

曾經我有過一個語文老師，在高中的最後教我，馬上要考大學的那一年。

那個寒假約了幾個同學去老師家玩兒。

年近七旬的劉老師住在頤和園的南牆外。一個小四合院。

他自己呆的小書房裏，還點著老式的煤球爐子，煙囪拐著彎兒地盤在屋頂，從個小洞鑽出窗外。暖融融的冬天的小屋飄著烤饅頭的香氣。

我們圍坐在爐邊挑著烤好的饅頭片兒吃，爐子上的白鋁水壺從壺嘴兒裏冒著熱氣。朝南的一溜兒窗戶打著木條的方格，窗前有一張桌子，擺著圍棋盤。

那時候，我是老師最得意的學生，篇篇作文被當成範文到處流傳。於是，居功自傲，和老師處得像自己家人一樣隨便。

　　那天，我看上了那些黑白棋子兒，不停地纏著他，讓他教我下圍棋。他笑著對我們一群人說：我誰都可以教，就是不教子軒！大家閧然大笑。他繼續說：為什麼？因為她是個危險的女孩兒，一旦她對什麼事上了癮，她敢放棄一切什麼都不顧地去做。所以我除了語文課，什麼都不教她，省得她玩物喪志。

　　如今，二十五年過去了，我一直也不會下圍棋，也根本不想學了。

　　二十五年過去了，我還是一直不停地迷上很多玩意兒，「志」是肯定早已喪失怠盡。世間吸引我的東西實在太多。

　　當年沒教我圍棋的劉老師，最終讓我看到自己真的是他口中的「危險」人物。

　　喜歡攝影是早年看完《廊橋遺夢》後的感覺。突然對攝影上了癮，以至於自己操起了照相機，倒是近來的事。

　　尤其喜歡拍人，各種各樣的人，最普通的人。喜歡他們千差萬別的表情，喜歡他們表情後面任我遐想任我編造的故事。

　　喜歡攝影還因為攝影是孤獨的，工作時的神情是肅穆寂寞的。

　　那些陳舊的殘缺不全的古堡，那些平民百姓臉上刻畫的生活痕跡，那些光與影組合而成的顏色，形態，觸感和氣味……

　　一心地，就想把世界中最瞬間即逝的東西定格記錄下來。

　　前天在雨中上了山。在Cockoo餐廳，我拍下了一個漂亮的女招待穿著德國鄉間民族服裝的照片。那女孩子一直臉上掛著真誠的笑容穿梭在餐桌中間，可當她回到櫃檯後面歇息，茫然便在片刻間寫滿她的身體和表情。她用手揪著金色的辮子，靠在牆邊，無聊萬分。

這麼個山中熱鬧的週末。女孩子的無奈令我心動。

上山前，看到雲霧纏繞在山腰間；上山後，車子就開在雨霧裏；半山的街道邊，樹梢掛著雲，不用仰頭，能呼吸到斜風細雨。

已然蒼茫的起伏，充滿太多故事。內心的細微所得，也是執意的。

常常背著相機，如同心裏有著最為持久均衡的撫慰，在創造著另一個光與影的世界，它來自現實，卻又在和現實對峙。

那麼的矛盾，令人欣喜又瘋狂。

攝影，它從沒有重複。錯過了的，永遠補不回來。抓住了的，總是唯一。瞬間畫面，便成為了永恆。

我對朋友們說：如果想拍「美人照」，別找我。我不會為你打任何燈光再修版去除皺紋。我只表現真實。

我也肯定不去拍婚禮，偽飾的面孔和從頭到腳的化妝，每個人都認為自己是世界上最美的。我寧願去拍葬禮，死人和傷心者虛假的成分倒底少一些。

我想我逃不掉是個藝術家的坯子，無法在「框子」裏找生活。我崇尚抓拍出來的笑容，哪怕滿臉橫著滄桑的溝壑。

只有真實才美麗。

也許，過不了多久，我又會被其他事情所吸引。

但手中存留的千張照片，還是能在我的後半輩子中告訴我：我曾經是如何不悔地邂逅踏進過一個光的世界影的故事中。

１１、順其自然

朋友們常說：一切就讓它順其自然吧。

好啊。似乎很符合老莊哲學，想生活得平靜無爭。

可仔細看過來，好像自己的生活中是沒有「自然」可以「順」的。因為，沒有自然狀態，大都是人為的狀態，如果「順」，則只有順著別人需要的狀態。

「順乎」或「順應」周圍人所需要的狀態，不應該屬於「順其自然」吧。

那種不爭也是無奈的。

於是，在很長的一段時間裏，我不再相信有誰的生活是在順其「自然」。

歸順，倒是有的。很多人歸順於家庭，歸順於兒女，歸順於生意，歸順於貸款……甚至絕少見到有人歸順於「自我」，因這個「自我」是屬於自然狀態的。

藝術家的自然狀態相對好些，由於藝術是面對著靈魂的。

靈魂是什麼東西？習慣於歸順的人們是肯定看不見的。它是在身體內部很深處存在著的另一個世界。只有到了人性忍受的極限，才會看到它。於是，沒有經歷過大痛大徹的人根本不會察覺到它的存在。

沒有靈魂也挺好，容易被歸順。像劉曉波說過的，成為一隻（或一群）快樂的豬。快樂於本能的慾望。

但，稍有不同：豬是順其自然的。

一直堅定不移地認為：藝術，是人類生活中最基本的可以感人動心的力量。

可偏偏當今絕大多數的中國人總是擺出一副生活中沒有藝術照樣會生活得快快樂樂的架式，只以拜金為榮，徹底否認藝術的感染力和對人類社會的精神導向。在他們覺得灰心，難過，絕望的時候，他們當然不會明白，正是因為他們把藝術排除在自己的生活之外了。

就好比，你可以稱道某個人心眼兒好，善良，富有；但你絕不敢這樣稱道他（或她）的精神世界。

一個沒有精神世界的族群，永遠徘徊在蒼白中，不管它如何叫囂，它只能歸順於豬的慾望，絕不敢期待鳥的天空。

曾經用長鏡頭拍攝過一群鳥的照片，起名叫「順其自然」。

它們沒有在飛翔，排成一排站在樹樁上。但，其神情比飛翔更自由。這才是人類無法祈及的自然狀態，也只有藝術，能把自然界的諸多理念展現出來。

看著它們，我感到快樂，好像觸摸到了生命只有在歸順於自然狀態時才能擁有的那種快樂。

群聚群居的，肯定不是好的藝術家。因任何藝術的本源都是從自然中來。表現藝術，定是首先要有獨立的面對自然狀態的思考，而後才有創作。

這段時空，是藝術家的命脈。

遺世獨立。

有了這種不同於常人的思考，就會有領先於常人之上的作品，就會對社會生活有著精神上的展示與導向。

國家，無論大小，只有它的藝術，最能表現其社會真實的精神狀態。

藝術，是一個國家的靈魂。

二百年前，一個落魄至死的窮困畫家，曾這樣追尋過藝術：「我在探索，我在奮鬥，我全身心都奉獻於此。」他就是永遠的梵谷。

而，擁有這樣藝術家的族群，才是自然界中最高尚的。

１２、過年的另一種存在

將近二十年。在墨爾本。

幾乎和你在北京有過的生命一樣長。如果去掉人之初始那混沌無邪的歲數，墨爾本是屬於你自己的生命，北京是屬於你和父母的。

於是，二十個墨爾本的春節，它只歸它自己存在著，它的盛大，與你心中的日子，全無關係。

這裏，無年可過。

有些往事，你會在細微中記得：滿京城鞭炮的味道，新衣服的色澤，燈籠裏小小紅蠟的跳動，那麼多容易輕信的快樂。

但，「過年」在這裏，彷彿只是為了某個信仰而存在，形式而已。

你是到了這兒才看見當街的舞龍舞獅，全然不是九龍壁上盤龍的樣子，也不是故宮門前獅子的感覺。吵鬧而滑稽。你便再也不去湊「春節」的熱鬧了。

留在記憶裏的父母的春節，是對愛與時間的真摯追問，是情感

源泉的象徵，帶著無可言喻的歡喜與蒼涼，寂寞地纏繞在內心一個角落。

二十年，你也再沒有一次回北京過春節。因為北京也不再是那個北京了。

今年。年三十是週六。你問孩子們今天的行程，一個說要滑旱冰，一個說去山裏的手工藝週末市場買小巫女，你自己想去買你早就看中的那株仙人掌，那種肯自生自滅，又堅韌無比的植物。你熱愛這一類植物，它們甚至不需要愛情，不需呵護，也不存在幻想。

你駕車滿足了每個人的願望。

那天暑熱難當。

晚上，去了他那裏參加二十幾人的年夜party，躲不過去的吃！Party上，所有的中國模樣的孩子們都在用英文交談；所有中國出生的大人們都在說著生意經，買房經。

原來，節日的一切都是如此不重要。

就像一個長途跋涉的行路人，越往前走，隨身的行李越少；越往前走，還能記得的人與事也就越少。只有這樣，才會走得更遠。

生命的時間不過就是在路上的記錄。

年初一是周日。他問你想做什麼，你說看電影。Clint Eastwood導的新片《Letters from Iwo Jima》，講二戰後期，美軍佔領日本Iwo Jima島的。你不會錯過任何一部Eastwood的片子，男性的美麗。而這部電影，Eastwood用的幾乎全是日本人，講日語，打英文字幕，在表現一個戰敗的民族，死亡覆蓋的島嶼。這是一部能讓人落淚到結尾的片子，卻沒有一句煽情的臺詞。

　　你喜歡好的戰爭片，能看到頹敗中時光的痕跡，和對生的熱愛，和死亡的美。片中的日本士兵Saigo只有一個念頭：要活著！於是，所有戰爭中的恐懼都被生的慾望壓制住，發不出聲音。

　　戰爭。誰輸誰贏，都是粗暴的傷口。只要能默默存活著，別無其他。

　　看完電影，你和他紅著眼睛走到了明媚的大街上，拉著手，無言無語。

　　樹葉間，光影在燦爛地跳動；不遠處，洗車場的高壓水槍噴射出一道彩虹。

　　這就是生，本身盛大，何須慶祝。

　　有人給你送來國內春節晚會的碟，你隨手放在一邊。已經記不清楚有多少年不再看，那裏面全是背景和理念：希望，美善，未來，騰飛之類，充滿強烈的表達慾，如同你教書時見到的中學生，即使在表達愛情，也是真摯卻無力的，貌似無辜，可足以令人完全喪失耐心。

　　三十八度高溫悶熱的墨爾本的春節。

　　正月十五又是個周日，早就買好的音樂會的票。大師儲望華和殷承宗原始版的《黃河》鋼琴協奏曲。澳洲的樂團和指揮。

　　音樂的魅力，觀眾的反響都是不言而喻的熱烈。你的心頭卻有一種壓力在擴張著：

　　《黃河》就是中國，中國就是這曲《黃河》。可《黃河》所表現的中國的精神已經消失；現在的中國，不再是有《黃河》精神的民族了。

《黃河》所帶來的想像空間，也在上一個世紀結束，在最後六十年代出生的中國人的腦海中，結束。

有很多被緊緊抓在手中的錯覺和記憶，最終是要學會對它們放手的。它們會成為一生中的巨大財富，但，的確都無可回避地被打上了封印。生命中始終有正在逼近的新的東西，好像時光把這些新東西包裹成禮物，贈予人們。你和我，只有不帶遺憾地接受，不帶遺憾地往前走。

13、雙城寓言

有時候，我認為我也許永遠都不會離開墨爾本。因為墨爾本是不帶有社會慾望的城市。在沒有「那種」慾望的寂靜之中，放射出一種來自自身夢想的光芒，這是墨爾本的自由。自由，也意味著生命中智慧的施展，也意味著藝術，也意味著隨時行走在獨立的路上。

去過雪梨。那是一片繁華的荒涼。一個短促得太過熱鬧的夢。人們在用盡其愚笨生活其中。每一個微笑都傳達著沉重充實的快樂。那是一幅看不清個體的人群組畫。

其實生活，你把它想像成什麼，它就是什麼。墨爾本寂靜的生活是天是地是萬物生靈；雪梨忙碌的都市生活是財是欲是一年年物是人非。

在那個只追求成功的現代都市裡，人們把夢想和功利合二為一，於是不懂得還可以去「拒絕」這個完全把我們的「自身」排除在外的世界。

　　我和他在大雨的深山中找尋土著人的岩石壁畫。腳底的泥土散發著雨水的腥氣，身邊圍裹著茂密的植物夾雜著參天的大樹，濃密，濕綠。拇指大的紅螞蟻忙亂地四下奔走，蚊蟲在空中橫衝直撞。攀登之途伴著全無遮攔的雨水沖刷，亦步亦驅，如葬身翰然林海，喪失語言，卻能聽到自己內心的跳動。這聲音浩蕩而急促，融合著大山的呼吸頻率，如同迴響在一個新的世界。在對自然無上的摩頂崇拜中，我們見到了山頂的那塊巨石，見到了巨石上四萬年前土著人留下的手掌印。此時，陽光擠開雨霧灑落在紅色的山岩上，千萬道刺眼的天國般的光芒從樹叢間反射著，那塊岩石就是上帝！

　　我們在大雨中完成了對自身生存世界的尋找。

　　我和他走出墨爾本我們居住的山莊。我們走在小城的街道上，從那邊的麵包房飄來一股烤麵包的濃香，我對他說起我童年時的另一個麵包房，像個仙境似的故事。

　　我們走在小城的街道上，從窄小的攤子飄來一縷突如其來的水果香，他想起他年少時在鄉下的短暫歲月，有果林和心中的平靜欣喜。

　　我們從書店走出來坐著喝咖啡，倆人翻著各自的書刊，隔著文字說，只有透過回憶才能回到文學的真實。一陣風吹過，帶來炎熱天氣裏的涼爽。我們的眼皮感到了愉快的沉重。我書中正有一顆金燦燦的太陽在徐徐落在一片我並不在場的田野中，是不是他書中的太陽也在降落？一片巨大的寂靜從城市的喧鬧中彌漫而來。

　　我們在這裏拒絕了被社會慾望的限定與強加，只接受那來自自身夢想的存在。

這是我的墨爾本。只有這個城市，是如同可以耐心地用十年去等待一個遠行人歸來的成熟的城市。也是我十年的遠行之後，依然想回頭找到的城市。柔和，沉著，盛容著夢想與悲情。

在從墨爾本到雪梨的八百六十公里的大路上，我沒有看到牧羊人沒有看到耶穌走來的金色世界，我對他說：我感到淒涼，因為這條路是從自由的寂靜走向社會欲望的繁華塵囂，是走向衰老的。

14、毫無價值

我是需要生活的。我也想按照生活圓滿的標準，去進行圓滿的幸福生活，渴望一切安然無恙。

可我無能為力。

我在過著毫無價值的生活，如果按照生活圓滿的標準。因為我的生命中沒有可標價的東西。

在和別人談話時，他們的有標價的日子是那麼清晰流暢，融入在充滿價格的主流社會中。所有數字在我腦子裏組成強大的陣容，越顯自己的無知與幼稚。大家看著我似笑非笑。我看著他們計算著生命的價格。

曾幾何時，生命有價格了？三十年，等同一幢房子，再加一幢？

我攤開空空蕩蕩的雙手，在世間閒逛。

兩年前，在圖書館翻看《澳洲地理》雜誌時讀到一篇文章，是個三十五歲的女子寫的。寫她獨自一人用了兩個月的時間，徒步跋涉了七百公里的山巒，從維省古老的淘金小鎮Wahalla出發，穿越雪山，進入紐省，攀登了澳洲海拔兩千兩百多米的最高峰Mt.

Koscluszko，最後到達堪佩拉。她全文的第一句話就說：「在我臨行的時候有人建議我帶上walkman隨身聽，我笑了，我說山裏有音樂。我甚至沒有帶一本書。我想知道當我把我的心和我所有的感官都向大自然敞開的時候，將會發生什麼。後來我終於知道，我們之間，沒有任何障礙，她在用心呵護著我。」

於是，我開始訂閱這本雜誌。因為裏面全是不用標價的東西，那裏面的人和我很相像。

我的大師說：下次別人說話時你就只管喝酒，或坐到外面抽菸，或，有貓跟貓玩有狗跟狗逗。我點點頭，牢記。

下次。我溜到了一條陌生的街上。發現了一家小書店，是賣二手書的。和店主聊天，她說：二手書最有意思的是去看那些舊書的扉頁留言，有的曾送給過情人，有的曾送給過朋友，有的是生日禮物，有的是結婚紀念。有過一本書上面寫「希望若干年後你不要讓它流落到舊書店裏」！我倆哈哈大笑。

二手書店裏標明了逝去了的感情的價格。

好心人說：你最適合開個Milk Bar，或$2店，或洗衣鋪，慢慢守，不少掙錢還不費心。我不知好歹地回答：浪費時間。無此慾望。

我的時間裏不能沒有書，不能沒有寫作和繪畫。我可以為此全神貫注地「浪費」到深夜凌晨。

我最討厭吃雞，尤其雞皮。可在深夜讀書時，我一手握著買來的薰雞腿，生怕用另一隻手撕雞皮而影響翻書，便可以無怨無悔地把雞皮吃下去。

誰都肯付出，只看是在為什麼，不關價格而是值得與否的問題。

朋友說：真想看到你畫畫時的樣子，一定很瀟灑。

我說：別。我畫畫寫作時都是最不能見人狼狽不堪的時候。像在生病。長髮胡亂地盤著，穿著睡衣，兩眼發直，四五個小時不離一次座位，滿屋菸霧彌漫。幹到一個段落，不刷牙不洗臉帶著顏色倒頭就睡。

「別人用正常的時間創造圓滿的價格我的價格卻是毫無價值因為在這個充滿標牌的社會文化一直在大幅度sale社會是價格的高尚理論人類的認可卻不在能標價的商品上我能在畫上簽字書上留名可我的書與我的畫肯定不是房子的價格」

我亮麗的時候是在閒逛中。

和畫廊老闆坐在畫廊後院喝咖啡。我的大師抽著雪茄侃侃而談藝術理論。樹蔭裏，一條小河遊著野鴨子，一艘破木船擱在草地上。

大師說：別去管買畫的顧客，他們之中百分之八十以上完全不懂藝術，只認價格。聽得我心花怒放。

喜歡幾本書兩種語言同時看。累了的時候，也會去快速看一眼瓊瑤或亦舒。看一眼沒有人相信的愛情。

沒人相信的東西也是沒有價格的。

可，在某一天某一刻，你的死後，你明碼標價的一切，對你，還有價格的意義嗎？

只有藝術與文字在那時會印上了你的價格你的社會價值，因為你在創作每一本書每一幅畫的過程中，已經慢慢獻出了生命。

生活在這個毫無價值的時刻，我感到完好而無缺。

１５、年終

結束。又一年。臨終的熱鬧，帶著不可名狀的眾心惶惶，人浮於事。

理所當然這是個浮華奢侈的季節。美麗的盼望與傳說屬於孩子們。成年人的精力已然被攪得支離破碎，遲鈍薄弱。

年終，這小城過節的那天，坐在山坡看煙花，就明白今年所有該來的該去的，已經全在天上了，全散了，無論是那聲砰然的爆裂，還是人們發出的「啊」的驚歎。一切結束在煙花絢爛之後的不知所措中，沒有期許，沒有結論，沒有幻想，沒有人說什麼話。

你知道你需要負重進行一次長途的山路行走，借助一根樹枝的力量，直走到汗流浹背，目光渙散，胸中已然放不下一顆心的狀態。仰頭，看樹木參天，遮天蓋日，所有的生活都敞開在天地之間，存在的方式自然而然，你這才能深知自己活在靜靜的歡欣之中，從而忘卻時間切割的人為造作的虛空。

時間的存在，是乏味的事實。把社會生活強加給了原本就在營營役役中的人們。

你一直在躲避年終的繁雜，希望每次出行都正好趕上什麼什麼「eve」。遠在陌生的地方，時間的存在就會被新奇所沖淡，不再乏味，不再強加般地被切割。就成了平凡的一天當中的又一天，開始，結束，無關痛癢。

天是白的。路是長的。一如既往。

清晨。你起身打開窗戶，外面的空氣變得稀薄，一種煙霧籠罩著山林道路，霧氣中，是煙塵的味道。你知道，山火逼近了，你熟悉這味道。

曾經在一次年終的旅途中，你駕車穿過剛被摧毀尚有餘火的一片山林，四下是漆黑的死亡的顏色，只有鉛灰的道路冷靜地帶你滑向不明真相的遠方。火苗還在直指蒼天的黑色樹梢間跳躍，灰白的動物殘骸覆蓋著漆黑的土地，全無生命的恐怖壓抑著你，你悲哀地飛速穿越濃重裹夾著硝煙的空氣，在車裏放大了音響。你不敢在無聲中穿越死亡的黑色，你覺得冷。比利霍戴在唱著迴腸盪氣的《多情人》：「我們下次相逢，你會擦幹我的全部淚水，抱我吻我，在我耳邊悄悄說些甜言蜜語，啊，我們失去了太多太多……」這如此普通的歌詞，也讓你流了淚，記住了那片黑色空氣的味道。

你來到了早晨的小城。煙塵霧氣中，聖誕飾物的紅紅綠綠不再鮮明歡喜，咖啡店卻依然人進人出。坐下來吃早餐，看報紙，大家泰然自若。

也許，在這個世間，只有大自然的缺陷，是人類無法修復的。

你曾在某個年終告別了一些真正的日子。葡萄園在山谷間的坡地上整齊地排列，你坐在紅紅太陽下的草地上吃葡萄，只吮吸葡萄的汁水，吐掉葡萄的皮，如此奢侈。天黑了，你在空空的倉庫的水泥地上生起一堆火照明，品嘗園主送來的美味的玉米餅和豆子。倉庫豁大的門外，是月光下無聲無息的葡萄園。園主小屋的煙囪在冒煙，他家的三個兄弟在另一堆火邊唱著悅耳的西班牙歌曲，真假嗓音反覆變換著唱，一唱就是一整晚。你坐在倉庫門口，不思不想，覺得生命是如此地簡單，歡愉。

那時候，在你心中，真正的人都是熱愛生活的，愛聊天，不露鋒芒，勞作，歌唱，平凡得不知疲倦。他們的智力是正常的，思維是完整的，而且熠熠生輝。全然沒有知識份子那些自以為是的蒼白腔調。

但那個年終，你還是要離開他們。你和他們的告別就像是愛情的決鬥，在平凡與蒼白之間。你走出了葡萄園。跨過了真實和歡愉。

一個女人要想讓自己慢慢變得美好，是需要穿越生活的，而不是沉浸其中。

所以，你總是選擇往前走。也許有不期而遇，也許有遙遙相望。你總是像穿過那片被山火摧毀的黑色的死亡森林一樣，鮮明地走在路上。

上一個年終，你到紐西蘭去見父親。你們倆都是無言。相隔八年。父親拉著你的手，沒有一句責怪的話。他的笑容，他見到你的喜悅，讓你覺得你要繼續走的路竟是這般苦痛難當。你們倆走在屋外的海灘，海浪翻卷，藍白交織，不遠處是座小小的火山島。父親說：漲潮了，不然可以租個小船過去。你把長裙撩起來，把撿到的五彩貝殼兜進去，父親也俯身幫你撿。你好像漸漸變小了，小到真的只需要拉著父親的手，不需要自己去走路。

上一個年終，父親最後沒有來到澳洲你的家。他很快地回到中國。很快地去世了。那片海灘，被你留在了畫面裏，掛在牆上。每每山風從窗外呼嘯而過，海的聲音就在畫中響起，它存留在了你大腦皮層的記憶裏。

父親去世後，你就更不願意面對年終的嘈雜，因為父親的生日是十二月二十五日。

　　你在年終的每一天，就像一年當中的大多數日子一樣：早晨，坐在小城唯一的二層咖啡廳裏解決早餐和報紙。天好的時候，坐在伸展到街邊的露臺上，觀看對面的山巒樹木。和大家一起，泰然自若。你相信每個人的眼裏，都有一種飄忽而確切的智慧之光。這讓你流連不已。

　　當陽光明朗完美地從萬物中浮現，把生活的平庸和瑣碎展現在你的眼前的時候，你離開那裏，回到家中，開始用繪畫和寫作充滿屬於你的生存。

　　有時，你點燃一支菸，站在巨大的澳洲地圖前，劃著又一條道路，默記著道路上每個出現的城鎮的名字，進行著心中的旅行。

　　那片黑色的森林，你知道，重又經歷著四季和復生。如果你再一次穿越另一片死亡森林，你將不再恐懼。

　　因為，時間，不過是個令人懷疑的微笑，掛在古老的嘴角邊，它與生存狀態是迥然相異的。

16、於心愉悅

　　Christina在她八歲的時候，被父母從世界第一大都市，鼎盛的紐約城，帶到了澳洲Tasmania只有九十戶人家的Midland小鎮上，開始了截然不同的生活。曾經是公司高級管理人員的父母甘心拋棄了紐約的浮華，在這片陌生，靜謐，又充滿孤獨的開闊的農場裏，默默地經營起了B & B的小生意。

　　如今，二十五歲的Christina已經成長為一位享有國際盛譽的豎琴演奏家，被稱為這一古典樂器最後的傳人。

　　「在這個小鎮長大我覺得很幸運。我不像歐美的音樂家們，他們從小就被周圍各種裁判，各種規則所左右，從小就被教會去想市

場價值。我的世界是無邊的，自由的，我覺得用我的音樂可以做任何我想做的事。」

這也是當年她的父母帶她離開紐約的重要原因之一：真正的開放式教育，把孩子交給純淨樸素的大自然。

Tasmania是個形狀就像豎琴的島嶼。古樸的小鎮遍佈全島。在廣博的草場邊，一幢1825年的老房子和白色的木頭農舍，就是Christina的家。可她的音樂，她獨創性地將柴可夫斯基的古典和南美民間音樂柔合併蓄的現代豎琴，卻走過了倫敦柏林巴黎紐約。

英國BBC講到一個話題：據經濟學家的統計，發達國家的人們不如發展中國家的人們更感到幸福。一直被認為經濟的富裕會帶來幸福的觀念竟然被推翻。財富在人類生存幸福的比例中，只占百分之二十，其他，來自於環境和個人。

現代大都市，各種宗教團體的信徒越聚越眾，無論年齡還是社會層次，更多的人把自己寄託於無妄與虛幻。這也許可以說明的一點即是：人類的尊嚴在喪失。任何類型的信仰者，哪怕是最荒謬的信仰者，他們在看到人類正在徹底地失去尊嚴意識的時候，都會感到自己信仰是無上的優越。

是「慾望」的無止境造就了人類為人處事的非尊嚴論。如果把尊嚴這兩個字始終穩穩地，默默地擺在所有生存內容及事物的下面，人類的感覺將會高於現在，將會變得完美無缺。因為，生命中那些最有價值最美麗的東西，是生就在你身邊的，是大自然的禮物，絕不是你能靠財富所獲得。

就像發現快樂擺脫煩惱的能力，它不僅僅在於看淡痛苦並輕易擺脫它，更在於一種對快樂的強烈需求。這需求是動物般的本能性

尊嚴。這需求其實與生俱來，只看你是不是能夠「拋開世俗的中不溜的衡量標準，下決心過一種完整的，完全的，完美的生活（尼采）」。

而衡量這生活唯一的標準應該是：於心愉悅。

年輕的時候，喜歡背了包去走名山大川，坐在岩頂迎著大風俯瞰蒼茫山嵐，頗有成功感；現在，爬到半山時就會想：上到山頂又如何？！如此簡單的問題。

於是，心甘情願地往回走。於是，在路上，遭遇了山中的大雨也不會躲避，即便衣服和頭髮被迅速澆透，眼睛裏都是雨水。山林空曠，沒有人跡，灌木叢中，前途不明。可心裏知道，當雨水變小，會有薄霧環繞，空氣中會充滿泥土與植物的芳香；會有鳥鳴在樹林深處再度響起。

成功又能如何？瞬間的絕美景致才令生活充滿快樂。

這便是心的行走，越往前越寥落，卻分外淡定。
這便是生命的歸屬，越往前越簡單，卻充滿愛。
Christina的父母將心中對生命純粹而堅韌的標準，畫在了Tasmania的小鎮上。

１７、風大

風大。天是灰色。路對面，站著一對中年男女，很傷感地在說著什麼，然後靜靜地面對面待了好久。女人走了，男人仍在原地，注視著女人的背影。風吹落樹枝掉在他的身上。他藍色的眼睛一直盯著那個方向。

是分手吧？曾經因著寂寞，因著憐憫，因著貪婪，因著缺失而相愛，卻得不到拯救。剩下自己在風中起伏。

以後，他們會在風中傷感，記憶變得沉重，日子變得漫長。

我在溫泉鄉山中的薰衣草園，看到過大片的紫色花叢覆蓋原野。風掠過，長莖的花枝如波浪層層翻滾，呈現著深淺有致的變化。美得稍縱即逝。

這也是分手後惆悵鬱鬱寡歡的色彩，帶著失望。

風大。站在河邊看一隻母鴨子領著六隻小鴨子悠然戲水。我的頭髮被吹得漫天橫飛。一隻小狗在試圖探進水裏接近鴨子。河對面是桉樹叢立的山，山坡頂上有住家隱約得見。身後的小道不時有人牽著品種不同脾氣不同的狗經過。有年邁的，步履蹣跚，皮毛暗淡，像它的主人。

從河谷走上橋頂，內心豁然，八面臨風，彷彿身邊的現實被展開，在一切可能性中無限地被延長。

我一直在不停沉浸下去的工作中掙扎，但隱約覺得自己是在做著一件注定會失望的事情。心裏清楚結果，可欲念還在執拗地推動。眼看著自己是如此貪戀如此不甘，開始為自己感到難過。

失望的情緒是生存中的沉痛。無所依靠也無所需求。是一種左手握住右手依然覺得寒冷的感情。可我明白，它讓我清晰而變得堅韌。於是，失望在繼續。內心，哀而不傷，存留著眷戀。

「醉笑陪君三萬場，不訴離傷。」人，就這樣變老了。

變老，還因著我選擇了精神化的創作生活來充滿自己：繪畫與

寫作。它意味著我的生活是與某種虛空聯結，無所歸屬。它要求我獨立且需要與世間保持距離；要求我長期面對自己的內心。

我無法停頓。萬物生命中，只有創作，是治療和保持清醒的唯一方式，因你始終在探詢測量，始終在自我控制。

風大。一場雨也如期而至。夜晚，我和三個人在小餐館裏吃飯喝酒。白色的暖霧浮在玻璃窗上。外面的車馬行人在水光中奔走，酷似無聲電影。後來我們在門外屋簷下躲雨抽菸，隔窗看見裏面的人們又如幻境鬼魅，開懷說笑也同樣杳無聲息。

我離開的時候，街道是濕的，星光淡然，風還在。有一兩個女子匆匆走過，不知道要去哪里。我突然覺得一切很美，美得寂寞。普通生活的單調帶來的美感，遙遠，蒼老，太過真實地寫著生死輪回。

讀報紙。看到，全球有著四百餘家中文報業，都匯集到了一個小小的成都市去「和諧」，畫著特定意義的紋路，構建著一個關於世界的謊言，充滿了違反天性的羞恥。時輕時重但始終未曾解決的問題，在時光中，浮出，沉沒，又浮出，最後失望地又沉沒。

風大。塵土自去。無話可說。

18、雙城的那個城

三天。開了兩千兩百多公里，我們在墨爾本和雪梨之間跑了個來回。枯燥乏味的高路，繁花似錦的都市。

三天。我終於發現了很了不起的故事，在那個我一直沒有感覺的地方。

　　Mabel說：你來了才可以說你不喜歡，不來，怎麼能下結論。

　　三天後我還是不喜歡，可我看中了Mabel家小巷裏爬滿綠藤的那面古老的高牆。仰頭望去，綠藤紅牆藍天。

　　三天中，高牆下，見到了雪梨一群可愛的藝術家，個個名氣逼人，站在那裏風流倜儻，談起話來幽默調侃。

　　（寫到這，我問我的人師：要不要列出名字？大師說：要列就把我列在第一個，因為我是墨爾本的客人。於是我寫：有傅紅，沈嘉蔚，關偉，阿仙，王旭，曉先，林春岩，呼嗚，吳棣，葉舟，王一燕，約翰麥當勞等等，東道主：Mabel。）

　　這個藝術的整體形象是不可多得的美麗。

　　三天中，發現了雪梨唯一能讓我靜心領略的一塊地方：Paddington。

　　那兒有一片保護修繕得很完美的歐式老房子。小街彎曲交錯，樹蔭密佈，一幢老教堂聳立其中。幾十家畫廊，古董店出出沒沒；每個拐彎角都是咖啡或酒吧，門前支著色彩燦爛的傘。在小店中穿梭閒逛，可以完全忘記外面都市的喧囂嘈雜。如此的文化。

　　這個小區的感覺，是沉澱著百年的歷史，不浮躁不驚乍，像個沒落貴族，冷靜而華美。

　　三天中的一個夜晚，我們穿過雪梨南面的皇家國家公園，來到了森林邊面海的一個小村子，叫Bundeena。畫家沈嘉蔚住在這裏。

　　黑暗中，全然不分南北西東地在林間曲折地開了半個小時，除了車燈照見的白色桉樹幹，就只有一兩隻小Wallaby安靜地站在道路正中威脅著你受驚的視線。開進村子，看見幾群可愛的鹿在翻垃圾筒。它們高傲地昂著頭從車前悠然走過。聽人說，這鹿原本不是野

鹿，是村子早年一家農場進口的家養鹿。那家人之後流落走了。鹿們就只好自己找食吃了。

那個夜晚。村子裏有兩個大藝術家，墨爾本的和雪梨的，他們長聊到天明。

村子裏住著一位澳洲著名的擅長戰爭人物的肖像畫家和他的妻子。他們曾收養了四個土著孩子。長大後，夫婦倆將孩子們送回了他們的家鄉。孩子們的叔叔每年耶誕節來到村子裏探望這對夫婦。黑皮膚的土著叔叔和白皮膚的養母坐在樹木掩映的露臺上喝著咖啡，平和的寧靜。一群possum圍繞在他們腳下抱著蘋果爭搶嬉戲。（這是沈嘉蔚的畫）

村子裏還曾經來過一隻巨大的蟒蛇。它半夜潛入到一戶養著玲瓏寵物狗的家裏。主人就聽小狗突然慘叫不止，奔將出來，但見小狗的後半個身子已被蟒蛇吞進嘴裏。主人抄起木棒狂擊，蟒蛇被打得咳嗽了一聲，把狗吐了出來。小狗活了。蟒蛇跑了。第二天，蟒蛇又潛入到另一戶養了兔子的人家，安心地把兔子吃掉，可卻因身體被兔子撐大，卡在了兔子籠裏不能動彈。天亮了，主人來餵兔子。竟發現自己的兔子變成了蟒蛇！

村子裏不過八百戶人家一千來口人，也住過一個罪犯，還是一位神經兮兮的科學家。他把自己的妻子亂刀砍死又剁成碎塊……好在作案現場不在村裏。

村子裏……

（寫到這，大師說：你能寫點別的嗎？雪梨怎麼變成村子裏的味道了。）

我想了想，決定收尾：無論哪個大都市，都需要藝術和藝術

家。可藝術的靈感只能源於自然，源於身心的自由之後帶來的靈魂的自由。遠離自然狀態的藝術家不過是都市功名的追逐者，他們的藝術中沒有愛，更沒有像自然界一樣廣大的謎。

　　就像出版商在巴黎的小巷發現了海明威，這個世界上，不缺雪梨這樣的大都市，只缺生活中真正的謎樣的故事，只缺沒有野心的藝術家。

１９、軌道

　　我流連於旱冰場，在每個星期日的晚上，或星期四的早晨。

　　我想，不會再有別的運動能帶給我這種飄然飛揚的感覺。

　　我留戀於冰場上的音樂。飽滿的樂曲像汁液般，充斥著自己所有的感官。那是恰如其分的表達，隨著樂曲，變得自信，再由此而舒展，而悠蕩。如同樹林間的風，迴旋著亮麗的色彩。

　　在冰場上聽到過一首歌，「Rising me up to the mountain」：悽楚，淡泊，無所留戀。毫不費力的小號在持續地跟蹤，輕易地穿透了你的心。讓你在滑行中會覺得雙腿酸痛，愴然的傷感在內心絲絲灼燒。

　　冰場上的每一個人都在沿著自己的軌道滑行，同一個方向，速度不同，卻無論超與被超者都安然地沉浸在自己的世界中。這種安然像宇宙的星球們，即使濾去所有聲音，他們仍然在無聲地滑行，無聲地沉浸，自我完整。

　　我喜歡這種與現實生活格格不入的狀態。

　　更像寫作：跟隨自己的身體，表露自己的心跡，沒有主張，充滿幻覺。

　　更像杜拉斯的小說：散漫又嚴謹，混亂又一絲不苟；只要隨手翻到，或被風吹開任何一頁，你都可以沒頭沒尾地讀下去。

　　她是一個分不清寫作與生活，認定了寫作比生活更真實的女人。

　　在冰場伴著音樂的滑行中，有一種慢慢接近虛無的疆界在逐漸擴展，帶著自己的靜默與克制。那些現實生活中看到的，想到的，完全無需再表達出來，只有偶爾，彷彿起起落落的花季，開放一瞬，凋零一瞬，閃現在軌道上。

　　這種滑行是無需回頭的。身後的，定不再屬於我的現行軌道，棄之迅速且無情。

　　常想，如果生活的狀態，婚姻的狀態也能不回頭地往前走，應該也會簡單而快樂吧。那麼，是不是一個社會，一個民族也需要這種力量呢，拋棄跌倒過的記憶，拋棄怨恨及牢騷，也拋棄歷史的輝煌所帶來的愚滯，學會平靜安然地往前走？

　　我們山下的這個旱冰場叫：Ecliptise，是宇宙中的黃道的意思。

　　我們一群常在固定時間來滑的人中，從二十來歲到五六十歲不等。年老的說，他們在年輕的時候就來，那時的音樂多是貓王，披頭士；那時他們滑冰也穿著大喇叭褲和花襯衫。後來他們成家了，有孩子了，退休了；場主換了，音樂也換了。不過，還能聽到以前的曲子，更有不同又豐富的音樂響起，依然浪漫。和他們並肩滑行時，體會到超然於時空之外的純粹，只有音樂和自己。

　　純粹的意義在於：不用成為如何富貴或強大的人，只成為你自己。

　　寫作也應該是純粹的：為自己寫而不是為讀者寫。能打動自己

才能打動讀者。這是心和愛的方向。這是寫作所需具備的靈魂的高貴。

於是，當那首「Rising me up to the mountain」或電影《教父》的主題樂再度響起的時候，我依然會飄飛在人世洪荒之外，游離於茫茫星際之中。光斑閃爍，我等待清晨的寒光像啟示錄一般劃破黑暗，將我拋向失落的生命，為明亮的日子保留下空闊清澈的瞬間。我要體會生命在滑行中遺忘掉藍色的荒涼，存留住無可言喻之歡喜的軌道。

因為，風過後，一切盛大都將歸於細微，而你和我，卻都將歸於完整。

20、世俗生活

非常想有一種幸福：喝著一碗熱湯都會向對面的人微笑。

非常想過一種煙火的世俗生活：把心放在地下，踩過去，走進廚房；踩過去，走進臥室。早上起來推開窗，看到樹葉上閃爍的陽光和身後愛人的臉，樸素，而肯擔當。一朝一夕，拖到一生那麼長。

天熱了，帶著被釋放的自由感覺，光腳穿上了拖鞋。山坡上的野花一片片粉白淡紫地鋪陳著，像是一場盛大的演出。走去超市買菜，腦子裏飛快地列著單子，想起出門前忘記打開冰箱檢查一下存貨。交錢的時候毫不吃驚地看到數字不例外地又比預算的多出很多。

亮亮的光芒中，一件件洗好的衣服在空中飄揚著色彩，帶著洗衣粉的香氣。屋裏是Glen Hansard 在唱「I don't know you, but I want you, all the more for that, words fall through me and always fool me...」，絲絲入扣的傷感。

認真把書架上櫃子上的浮塵擦淨，點上菸，翻看每一頁塞在信箱裏的廣告，後悔著什麼東西買的時候沒趕上減價。電話響，有朋友約吃飯，順嘴說，「星期二有約了，星期三也不妥，改日吧。好啊，好啊」。假做真時真亦假的熱鬧與快樂。仔細聽Hansard繼續唱「games that never amount, to more than they meant, will play themselves out...」

人一生的日子，其實是一個長長的誤解，漫漫無期。真情表達自己永遠是緣木求魚，倒不如對自己說謊。一艘下沉的船，怎麼可能再開回家。

來到街對面的Block Buster借DVD。大廳裏滿眼的故事，已經把每個人的過去，現在，未來，講得一清二楚，懸念皆無。想想，還是挑「過去」來看。過去了的東西像夜行車上的乘客，起起落落，消失在還沒天亮的站臺上，帶著自己真實的溫度。「現在」？現在的人們都在追求「現世報」，相忘於江湖，剩得殘酷，少有溫暖。未來是屬於孩子的故事，不屬於顛沛流離的心靈。

如果告誡自己：不要在任何一個瞬間沉思默想，浮想聯翩。那麼，世俗生活就應該是快樂的，應該有它該有的一切，吵架賭氣，柴米油鹽，恩恩愛愛，說東道西，分分合合，好像在屋簷下躲雨，沉迷的盲然，等待月朗風清。

　　朋友喜歡聚在一起，是因為相互之間一無所知，是因為彼此看到的表像如同舞會上豔麗的服裝可以彼此炫耀；是因為自己的內心世界像無法抵達的深井，面對自己就是面對恐懼沒有安全。於是，表面的盛華，虛榮，成為了精神的生命，讓人們聚在一起，分外快樂。

　　非常想：不再面對自己，不再因世俗生活而覺乏味，不再站在地圖前勾畫著下一程的行走，不再嚮往充滿豪情的風中的大路，不再為內心一個夢想而付出巨大代價。
　　非常想：深陷在世俗生活的專一裏，疲憊不堪！

　　有一天，讀到一句話：「不能成為什麼，但能想像什麼，這是真正的御座；不能要求什麼，但能慾望什麼，這是真正的皇冠。」

　　於是，攤開雙手，非常的「想」與「不想」都從手中落下，寂寞地融入流轉起伏漫無邊際的世俗生活裏。

又見山中

　　大約三年，沒有你的一點消息，有人說你回了中國，有人說你去做了修女或尼姑。我都沒信。墨爾本是你摯愛的城市，你不會離開的。

　　可當我再見到你，你卻不肯認我，不肯認一個十三年的朋友。

　　這久別後的再次見面，是在我和孩子們去看的一所即將公開拍賣的房子中，千分之一的巧合！

　　那是怎樣的一幢房子啊！——位於深山之中。沿幾乎單行的盤山道開上三十分鐘，快到山頂了，滿山筆直參天的掉皮桉樹。門牌號在山路邊，停車之後順山往下走，密林中只有幾十級臺階還佈滿青苔。臺階盡頭才見一棟小房，就佇立在山坡有限的一片平地上，房前是陡陡的山谷，房後是須仰視的遍坡林木。那小房倒是兩層，用石頭泥巴砌成的底部和木搭的上頭，有一露臺像牽著樹枝的手，上面坐著你威武的狗。

　　那時，我真覺上了房產公司的當，照片看上去是那麼浪漫而寬大，我還以為是座山中城堡呢！是你的狗吸引了孩子們，他們拉我走進了你的世界。樓下的飯廳裏已經有兩三個洋人在看房，廚房連著飯廳呈長條狀，總共也就三十幾米長。可整齊乾淨，有一木制小餐桌。樓下的一頭是間小小的浴室，浴缸坐在土地裏，兩面的落地木柵窗外環繞著山林蔥翠。沿窄小的樓梯上去，原來二層是整整一個房間，大約四十平米，向山谷那面一排長窗，眺望出去視線能越過樹梢兒越過山谷再越過遠處另一座山峰的半個輪廓，看見墨爾本

市遙遙的巴掌大點兒的「遠」景。

　　我就在這一驚再驚的情緒下，又心驚肉跳地發現了坐在屋角那張原木大床邊的你。

　　你似乎沒有看見我，也沒有看見任何人。你靜靜地坐在那兒抽著菸，長長的黑髮鬆鬆地編成辮子，那曾是你如此驕傲的象徵。你的狗不知什麼時候坐在了你的身旁，警惕地直豎雙耳盯著走進屋子的每一個人。我不可置信地望著你，背對光線，一動不動。你說我能信嗎！就這麼站了好久，我自己也不知道是在分辨什麼還只是愣神兒。孩子們興奮的叫嚷聲或者是他們話語摻雜的中文令你抬頭看過來。我以為你會吃驚地大叫，會像以前拉住我的手問個不停。可，什麼都沒發生。你漠然地看了我們一眼，嫌吵似地皺了下眉頭，牽著狗小心地從我面前走下了樓梯。

　　我不相信你認不出我，才這麼幾年，我們彼此的改變不會很多，我轉過身，面朝光，輕輕叫了聲你的名字，你毫無反應，又似乎身體有些震動，反正頭也不回地消失在樓梯下面。

　　我還站在那裏，想不明白這是個什麼鬼地方！房子靠露臺的一角擺滿了手工陶藝品，看著上面各種太陽神的圖案，我確信無疑：是你！這是你最愛的工藝，最愛的圖案，你曾經為此和那個男人爭吵多年。

　　我飛快地走下樓梯，四處望望，尋找你的身影，房前樹影搖曳，房後竹林簌簌，你的躲閃更堅定了我的自信：我見到的肯定是十三年前初到異鄉第一個向我真誠微笑也是十年後黑夜中最後一次對我哭訴的那個女子。

　　我決定等，這是你的家，你會回來的。我問地產公司來做展示的小姐，她說你是在這租住，有兩年了，房主要賣房，不過租約還

有幾個月才滿。我說我認識你，想等你回來。她客氣地說，除非你同意。又說，要見到你很容易，你每個星期天在鎮上的週末市場擺攤兒。

也就是說，明天。

第二天，我把孩子們安頓好，隻身又驅車四十公里來到了鎮上。這個小鎮在幾乎山頂的一片平原地帶，小得只有一個加油站，一個麵包房，一個酒吧兼餐館咖啡廳，還有一家稍大點的小超市連帶郵局和提款機。所有這一切在停下車後，一覽無餘。天還是晴朗朗，暖融融，綠色的山林茂密地裹著小鎮像繈褓中可愛的嬰兒，笑著享受這安全的氣息。

週末市場就在鎮子盡頭的山坡上。我到達時已近正午，鎮上停滿車子，人氣很旺，看來這兒大小是個旅遊點呢。

山坡佈滿色彩繽紛的攤位，賣的儘是手工藝品，從穿著到擺設，從木陶銅鐵到織染繡縫，誰說澳洲人粗手笨腳，澳洲可是個山靈水美閑神靜氣專養藝術家的好地方。我順山而上，一家家地仔細觀察，尋找著你的蹤跡。人頭攢動，彼肩接踵，約有二百來個攤位，攤主們都像是藝術家，至少有藝術家的打扮和氣氛，古怪希奇，神經兮兮，市場週邊的坡地還坐了一堆一夥兒的，有的彈琴有的打鼓有的在練雜要，挺認真的似在表演。

我感歎了，你竟然真的找到了你自己曾經夢想的這麼種生活與空間：自由，坦蕩，浪漫，感性，無拘束無黯然神傷。可，你的心中還有魂牽夢縈的那份愛？還有你已經六歲了的兒子的記憶？還有——？我有點懷疑自己，也懷疑你是否失憶了。

在我數到第一百三十五個攤位時，我見到了你，笑語風聲，面容紅潤，燦爛依然。你幾乎是這裏唯一的亞洲女子，另一個攤兒是

炒「星州米粉」的。你的攤上擺滿自己的燒陶製品，花瓶果盤杯碗掛飾，有的在太陽神的圖案旁邊還畫著個胖嘟嘟的小娃娃仰著臉的背影，生動得叫人落淚。

這次我沒有急著走上前去叫你，我怕你還是不理我或是給我難堪，我知道你做得出來。你穿著黑色的多皺連身長裙，一條粗粗的銀制長項鏈蕩在胸前，足蹬「瑪廷」黑靴，還是那條長辮垂在腦後。你真的活在了自己的世界裏，你真的快樂健康得令人羨慕。你在和鄰位的女孩聊天說笑，賣麵包的小夥子走過來，胸前掛著個裝滿各種家制麵包的大筐。你倆起身拿錢，讓他從筐裏夾出你們的所好，邊吃著邊同小夥子站在當中交談。你的攤上來人了，你走回來，用手馬虎地抹把嘴嚼下東西，拿起客人要的那個圓肚花瓶，草草用報紙一包，裝進塑膠袋。一切都那麼熟練自然，那麼本質瀟灑。看得我不知道還該不該走到你的面前，該不該讓你再記起從前。

從前，從前的日子裏，你緊緊地跟著你的愛，努力地做著他的小女人，學會做飯理家應酬，學會穿套裝買化妝品，還不夠，還要學會找一份秘書小姐類的工作。可你總也做不到家，飯做不可口，他說你不用心；應酬上，你說話坦率尖銳，他說你淨得罪朋友；穿衣服不是他的品位；做工，你更是三天兩頭地炒老闆。那會兒，你活得很不自信，只是為了愛一再遷就生活。有時，你在後院做起自己心愛的陶塑，穿著他的長過大腿的寬外套，滿手泥巴卻笑靨燦然。你說，有他，有泥巴，你的生活就夠了，別無所求。你要等他掙夠一筆錢，帶著你去暢遊澳洲，你說他答應你的。你雖然有些疑惑：不非要一下子掙太多，可以邊游邊掙啊，他有專業你有手藝的。可你是那麼相信他，認定他的一切。

後來，他說，他是家中獨子，父母年長，急盼孫子。你迷惘著懷下了你的兒子，這也是為了「愛」！

這之後的故事就太複雜了，不像別人，有了孩子就有了更加穩定的生活，至少，可以盡一切努力去穩固那生活。然，你不是能在正常軌道上行走的人，任你如何學習，心，是學不會的，心的要求無法和行為同步，正常生活不適合你。你們的日子愈見煩悶。這不是你的錯。

可，男人卻無論怎樣愛一個奇女子愛她的浪漫，他們對女人的要求都是同樣的，不會因你的與眾不同而改變。

於是，後來，他的父母來了。他遇到了另一個合他品味的有錢女人。你極度傷心之下，想帶著孩子離開他。他竟說他的父母離不開孫子，你不是能給孩子幸福生活的人！你幾近崩潰，被他送去「抑鬱症專家」那兒固定看病。說是「病人」再無權照顧孩子。

孩子在他父母處。他隨有錢女人周遊世界去了。你，就在那時「失蹤」了。

我總是想哭，在我一想起你的時候。你曾那麼渴盼著和愛人去走遍一個個夢想的城市，感受屬於愛情的新鮮氣息，可愛人走時，帶的卻不是他口口聲聲愛了八年的你，甚至還奪去了你的另一份生命……這是你最後的絕望。

……

山色明朗，樹色青翠。我猶豫著走近你的攤前，直直地看著你。你啃著麵包抬頭招呼，你愣了一愣，隨即用職業化的熟絡口吻問好問要買什麼，你說的是地道的英文！我明白你根本不想認我，理我，我很尷尬地站在那兒束手無策，好像有淚水悄悄流了下來。

你漠然地問了句「太太你沒事吧」，我醒悟般拿起一個美麗的大果盤，上面有太陽神和那小孩的，說這孩子畫得太可愛了，讓我感動。你冷冷地答道「可愛的事物很多，太太的淚怕是流不完的」。我惱怒於你的偏執，改用中文衝口而出「你的孩子最可愛！他已經六歲了！」你的眼中驟然放出怒火，狠狠地盯著我，依然用英文一字字大聲但壓抑著說「你買還是不買，不買走人！」毫不留情。我憤憤然扔下五十元抄起盤子就走。走出沒十步，你追上我一把扯住我胳膊，用力之大令我一個趔趄。你塞在我手裏五塊錢，指著我的臉「找你錢！記住，離開這裏！否則我會叫你們每一個人有來無回！」我不敢相信地聽著你惡毒的話語看著你被仇恨扭曲的面孔，你這次說的是中文！

你轉身離去。周圍已經有人注意我們了，你的堅硬的背影表示了你永不回頭的決心，你的朋友們迎著你，用敵視的目光看著我，我心中的委屈難以言訴。我灰溜溜地走下了山坡，走在小鎮的鄉間之路，走進自己的車裏，坐定，把那個破盤子扔到旁邊座位上。我不肯走，我不知道是捨不得什麼還是不甘心，我又從車裏鑽了出來。

這個小鎮子有一種說不出來的讓人親切的感覺，我不知道是不是由於我發現了你。我留戀地在小街上晃蕩著，慢慢平靜著自己酸甜苦辣的心情，剛才想大哭的衝動漸漸消失。

你曾是我的極少數幾個好朋友之一。在我們都沒有孩子的日子裏，我倆混在男孩子堆中和他們成群結夥去飆車泡酒巴加入射擊俱樂部，你的槍法總是比我好，賽車的成績也比我高。沒錢的時候我們一夥就只能去走走鄉下葡萄園，騙些免費的酒喝喝。你一頭黑亮過肩的直髮永遠飄蕩出不羈的魅力，讓我嫉妒得要死。

　　可，無論我倆有多少共同的興趣玩過多少相同的花樣，我和你還是不在同一條軌道上。你是執著地要把夢想盡可能變為現實，決不讓自己的心承受委屈的奇女子；我卻是凡人，我只會去想想，到頭了花錢玩玩，不敢將夢想化為行動。可即便如此謹慎從事，我今天也還是成了單身母親。所以更別說你了。

　　我想，你一定並不知道我兩年前的離異，不然，也許你不會真的把我和以前那些人還看成是同流的。

　　是啊，你最後一次跑到我的家裏向我哭訴你去他父母家看望孩子時他的家人對你的責罵，你無法接受那片謊言，你拚命申辯，你不能明白那個男人已然如願地隨了有錢女人而去，為何還要至你於如此境地！你不能明白為什麼周圍的朋友也會落井下石，沒人幫你說話！你說只有我明白你是正常的，沒病的。那個晚上，我挺著大肚子看著你的絕望，疲憊至極，我說了句「你這麼哭下去不是辦法，法院已經判了，你就認了吧」。我真不該說，這話多敷衍啊！你是個敏感的人，你後來很快就走了，從此，音信皆無。

　　你是對你摯愛摯信的朋友也失望了。──可，你讓我怎麼給你解釋呢，就是在那時，我懷孕八個月時，我也才發現，我的丈夫也有外遇了！

　　都過去了。我仰頭望望天，山中的天和外面其實真不一樣，亮得那麼透徹，純淨。我也想帶著孩子們來山中享受一種絕對自然的空氣和人氣，讓孩子們從小學會真誠和友善，心理和身體都健康快樂，那多理想啊！──你就說過：墨爾本的可愛不在城市而在它周遭有靈性的山裏。

　　我做著夢般來到小鎮的酒吧，兼咖啡館和餐館的那個。門外，十幾輛雄性十足的黑色摩托車停成一排，十幾個漢子身著黑色皮

服，一手夾著頭盔一手拿著酒瓶，站在酒吧前的迴廊上靜靜說笑著，並不吵鬧。我進門，坐在吧臺上要了軟飲料來喝。

看，這就是我和你的不同，如果你在，你肯定會要酒，為了開車哪怕少喝。你會說「這是入鄉隨俗隨那感覺，不喝不進入這兒的狀態」，甚至你會央求我陪你在這找個住處多留一夜再走。唉，這兒真是你的「地盤」！

我又在吧台裏面的架子上看見了你的破陶花瓶。我問起酒保關於你，他帶著鄉下人的那種率真坦蕩，邊忙邊不停地把頭伸近我說幾句，你的美麗，你的不尋常，你的善良。我能感到，這兒的人們都很喜歡你，你生活在一片淳樸恰如親情之中。多幸運！

原諒我的好奇，我真的想知道你的更多的一切。也許看到你竟然追尋到了我只敢在夢中想像的生活，止不住由衷地羨慕你吧。

我又走進了小鎮唯一那個加油站。這加油站不光是加油的，裏面賣盡了生活中的必需品還有車上的所有基本配件，它鄰間大廠房般的屋子就是修車行，外帶租車（工具車或農具車），租大型除草機的。為了打聽你，我沒來由的又在加油站裏買了一筒機油和一杯劣質咖啡，耗時間，和老闆娘套近乎。

老闆娘是個粗曠健談的地道澳洲鄉下人，一頭已無光澤的齊肩黃髮蓬鬆曲卷著被紮在後面，顯露出汗毛孔很大散佈著雀斑的白皮膚和皺紋交織的眼角嘴唇，她也就四十來歲吧，寬大的額頭卻沒裝什麼智慧，和我知心地侃侃而談。

她說你剛來不久時和當地人打了一場架，就在她的加油站門口。她誇張地五官挪位地比劃著，褐色大眼睛又露出份純良。她說一個女人，漂亮年輕的亞洲單身女人，在這種小鎮上生活，肯定有故事。你剛到時，每次來鎮上買東西都會被人議論，儘管大家並無

惡意。這個鎮雖然已算是旅遊區，大家也不是沒見過亞洲人，可真要在這生活下來，排外的意識是很鮮明的。你開了一輛幾乎全新的日本車，穿得很城市化，又從不和人打招呼攀談。

於是，那天，兩個小夥子在修車的工夫，看見你過來加油，就圍上前搭話，你不得不站住。偏偏其中一個的女朋友就在對面餐館打工，見到了，醋意大發，衝到了這邊。這女子出了名的厲害，她插在了你們當中，指著你的鼻子說起粗話，什麼「婊子」「滾蛋」全說出來。圍上的幾個人也沒勸阻。

你開始忍著，想走，可她靠在了你的車上，雙手交叉胸前繼續挑釁，大家就在一旁看熱鬧。老闆娘說，這女子萬不該罵出那句「Fucking Chinese」，就當這話剛一出口，你勃然大怒，漲紅了臉一步跨到女孩面前，臉對臉地瞪著她：「你說什麼？！」女孩不示弱地大聲重複，不止一遍，還得意地把頭偏偏，你掄圓了胳膊絕不含糊地一個大嘴巴扇過去，大喊著「向我道歉！」那女孩被扇得一個趔趄蹲在了一旁，所有圍觀的都愣了。「Shit」！

隨即，兩男孩扶起女朋友向你逼來。你拉開車門從座位下迅速抄出根一米來長的粗鐵管，前面是開了豁的，面對他們大吼「站在那！向我道歉！」說著，拉開鐵管，眾人驚訝地看到這鐵管裏面還套著另一根！全安靜了。

老闆娘這時問我那管子倒底是什麼，看上去很危險。我笑笑搖頭，心裏說，鬼知道你怎麼弄出個北京七十年代「茬架」用的「管兒叉」來玩，真有一套！

老闆娘說當時的你就像是紅了眼，兩手熟練地玩弄著那兩根鐵管毫不畏懼地面對那三個人。一定沒有人能想像到這麼個美麗安靜貌似柔弱的亞洲女子竟然勇猛至此！

你再一次怒吼「道歉！否則我的武器不再沉默！」然後你轉頭

把周圍人們一個個看過去，目光刀子般犀利可怕，「我要在這裏生活下去！這是我選中的地方！中國人有句話說：人不犯我我不犯人，人若犯我我必犯人！我不會因為怕你們而離開的，絕不！」

我知道你的聰明與大膽，你尤其在吵架時，澳洲粗話脫口就來。但如此這般場面，你一定是被欺無奈，也一定是那時的心境被壓抑到極點。你在發洩，在自己給自己打氣壯膽呢！是啊，你要為自己活下去。我可以想見出你的模樣，豁出一切，沒什麼可在乎的了！

老闆娘繼續說著，說那可惡的女孩真的只能說了對不起，說所有周圍的人們都搖搖頭散去，說後來大家議論起這事兒時，都佩服你的勇敢而且開始喜歡你，也因為你竟能流利地罵出他們的語言。

老闆娘還說，那天你收起管兒又坐進車裏時，她看到你抹了一把眼淚，可當她走近你的車子敲敲玻璃想同你說句話時，你只對她燦然一笑，擺擺手開走了。老闆娘的結論是：多可愛的女孩子啊！

第二天，你開車去了十公里外的一個大市鎮。那天再見到你時，你已經換了一輛帶個小拖斗的二手工具車，穿上了工作靴和牛仔褲，頭髮編成辮子，你的車上拉回了幾樣東西，你開始幹活開始生存了。

你和老闆娘成了好朋友。幾個星期後老闆娘家的PARTY上，你又見到了那三個年輕人。

很簡單，自此，你走進了鎮上普通人的生活圈子中。

如果，擯棄舊日的一切恩怨愛恨，卻終能換得你坦蕩自我的生存天空，那麼，失去，就不再是什麼不堪回首了。

看來，你是對的。你不再認識我。你行得大氣，做得決然。而我，是必然還要在紅塵人語中掙扎，看看天朗氣清時的遠山，徒然地做個曾經的鄉野之夢，如此了事。

　　摩托黨們的車隊在震山動穀的引擎聲中絕塵而去。下午時分，我喝夠了一肚子的水，在老闆娘殷勤的道別聲中走到了街上。那邊週末市場已經全在收攤了，街面熱鬧，酒吧更熱鬧。我已經無法辨別你的蹤跡，你和他們真的沒什麼區別了。倒是我，站在那兒，挺「各色」的。

　　我得走了。我的生活在山底下，那兒有我的孩子們，我的工作和老闆，有我朝九晚五的日子，還有那和所有都市人都一樣的生活的鬱悶。

　　我無奈地再看了眼這個山中小鎮，我們倆曾共同夢想過的。她屬於你了。

　　回程開過你的家時放慢了速度，從山路望下去，你門口的坡上沒有車子，你還沒有回來。你在哪兒？在幹嘛？有新的男友了嗎？如果有，一定會是條響噹噹的澳洲漢子，和你一起扎實地生活在這片山林中，保護著你！——這種多餘的掛念，看來要跟我一輩子了。苦於，我肯定無法說給任何人聽，你也永遠不會知道。

（2001年）

錯覺

1

兩年前，我攤開地圖，指著離墨爾本二百公里外的一個地名對來子說「就是這兒吧」。於是，隔絕了活過的三十二年，在山林中這個不小的鎮子裏，我重又沉浮起新的故事。

風，每天都從鎮子的東頭吹進來，帶著一點點灰塵，沒人注意地刮過所有店鋪，溶進周遭新鮮的空氣裏。鎮上也有著一點點愛情的小故事，從這頭到那頭地隨風吹到每個人都熟悉的每個人的言談話語中，不用解釋地被放棄了。陽光照耀下的街道上，一個東方女人和丈夫，兩個小孩和一個餐館。

我以為終於塵埃落定了。

2

已經不早的早上，我在明亮的光線中依然沉睡，窗外一切生機盎然的響動都在我夢中形成稀疏淡薄的色彩，滾動著流淌進中樞神經，再撞擊一扇欲啟欲合的門。睡不著的夜，醒不了的晨。最後總會有某個聲音把門撞裂，讓我睜開眼睛，看到平靜充滿陽光的一天，無奈地開始了。

經過了兩年，可還是有些陌生的餐館生活，帶給我一點點願意，一點點不願意。我是自由的，在精神上，也正是這自由，必須

讓我用意志的不自由來控制。在心中把眼睛閉上，在臉上享受現實粘滿全身的幸福，是女人們所嚮往的丈夫帶給她們的那種，你說願意還是不願意？

　　起身後的我走在鎮子五百米長的小街。視線越不過山林，滿目的深綠淺綠濃綠淡綠，天是藍的，罩在頭頂，街上的店鋪倒是色彩斑斕，涼涼的白色，粘粘的紅色。粗壯的鄉村女子端著一盤義大利粉，在和開著濺滿泥濘的四輪驅動的漢子糙言糙語地調著情，紛揚的金髮碧眼溶入太陽的光亮中，與鎮子週邊農莊的清新芳香協調一致。這麼種被環抱圍裹著的感覺真是安全，寧靜夾著甜蜜。

　　有時，盼望會有個什麼人和我擦肩而過，帶過一種嗚咽的聲音還有哀傷的步伐。那個人也許來自遠處的城市，滿臉刻畫著風塵，像我初來時一樣懷揣著秘密尋找著棲身居所。——可，這兒的人們個個笑容長在，萬事無憂，幾乎把我也感染了。

　　這時候，丈夫快樂地迎面而來，肩上扛著快樂的小女兒，她快樂地喊著「媽咪」。不滿兩歲的聲音，純粹透明地放肆地傳過來，我也由衷地快樂了。把女兒緊抱在懷裏，依戀地嗅著她渾身散發的鄉野的芬芳，真不知道誰是孩子誰是女人。丈夫說他先去餐館看一眼，中午有人定了位。我說好，當街接受著他的熱烈親吻，然後抱著女兒繼續順著街道走向幼稚園。

　　和女兒單獨在一起是我最心蕩的時候，那種懶洋洋的甜蜜浸透心肺。她是我的另一個世界的安琪兒，讓我今生所有情愛都因她而無悔。

　　小街上，有長長一排潔白的馬蹄蓮，黑頭髮的一大一小兩個女人，穿著一樣紅色的裙子，就在花兒那兒，走走停停。

　　陽光，宿命般放射著溫情與空虛。

3

咖啡店的女老闆珍尼像往常一樣招呼了一聲我們倆，我於是也像往常一樣坐在了他們門口的遮陽傘下。珍尼笑盈盈地抱起小女兒對我說，昨天那邊的汽車旅館住進了幾個中國人，今天肯定會去我家的餐館吃飯。我沒當回事地拿起報紙也笑著問怎麼沒來她這裏喝咖啡，她得意地說一定會來的。

他們經常把所有亞洲面孔都當中國人叫。眼前的報上說，離這兒不遠的一個旅遊重鎮在辦個全維省的畫展，今天傍晚開幕。我的心裏狠狠緊縮了一下，不知為什麼。趕快翻過，去讀另一條新聞。我在拒絕一切可能到來的回憶。

陽光中，街道變得不那麼真實，店裏，女兒靠在珍尼的臂彎喜笑顏開。一個身影站在了我的桌前，讓我感到光線在暗淡。收了報紙，我抬起頭：剎時渾身冷汗直冒！不會吧！不會這麼突然！——可，的確是他！那個我躲了幾年，也許想躲一生的男人！

「在馬路對面看著就像你，還真是！你怎麼在這兒？你好嗎？」他依然操著他最具魅力的男中音，依然談笑風生，像對著老朋友。

「我好極了！我就住在這兒。」我無法回避，命令著自己不輸給他。

「噢，知道了。你丈夫開的餐館就在前面。」他坐了下來，那麼自然。他沒變，沒變老，沒變瘦，沒有失去一點風采。

「對。那是我們的餐館。」我從沒想到過和他再見面時他還能這等冷靜泰然。而我，曾經經歷過幾乎一個世紀那麼長的陣痛！

「他們邀請我參加那邊的一個畫展開幕式，路過這裏。你為什麼沒參加這次聯展？」他早幾年前就已是澳洲畫界名人，我在剛才

看報時應該想到了。

「我早不畫了！在家帶孩子，開餐館。」

「不對吧！上個月我還見到你的畫獲了個獎！」他毫不放過地盯著我的眼睛。我躲過他的視線，不清楚他的居心。我好像從來就沒有清楚過，就算和他相交的那兩年中。真後悔沒戴墨鏡，好能仔細看清他的臉上倒底有沒有真情！

「那是我以前的作品了。」

「不，那和你以前的可大不一樣！你的畫進步非常大。我說過的，你一定記得，只要用心用情，你特有的東西肯定能讓你成功……」討厭！我最憎惡他的這種腔調！虛偽！他永遠都這麼不遠不近不透一絲真性情。

我站起身，「不記得了！真抱歉！我要送女兒去了。失陪！」我知道這樣很沒風度，可我意識到自己竟然還能被他的話所傷害！真沒出息！

「你女兒？你又生孩子了？」他的視線轉向珍尼和孩子。

我接過女兒，心在顫抖。他走近我，目光敏感地射向孩子。他背對著陽光，臉龐籠罩在陰影裏，只有雙眼在閃亮。而女兒透明的肌膚正沐浴在光芒中，純淨的笑容綻放著朝向他。他們倆有著說不出的神似！

「她有多大？」他緊張地問。

「才一歲！」我撒了謊。我不敢久留，擦肩過去。

「多可愛的孩子！讓我抱抱！」他的話語突然變得如此溫柔令我驚異又難過。他好像老了。

「別動她！」我慌忙躲閃開，不再多說一句，頭也不回地走了。

一歲！他不會有心去計算這些！

我太瞭解他和他的那顆心了。

造物弄人。我生就的任性。

誰能告訴我他為什麼又出現在我生活中？為什麼依然關注我？是惦念還是湊巧？誰又能告訴我該怎樣對待他？是不是還能保持著聯繫？是不是該將事實大白於天下？他該不該受到報復？……

這鎮上的早晨，車行馬走鳥飛風過，怎麼如此叫人心亂！

4

大概四年多前了。

一個夏日的午夜，我在一群文人藝術家的聚會上認識了瑞德。那是個糟糕透了的聚會。大家都號稱是什麼作家，詩人，畫家，可真正成功的寥寥無幾。瑞德卻是那幾個之一。他年近五十了，成熟穩健地站在我的面前，朋友介紹說他是澳洲絕無僅有的受全澳二十幾家畫廊代理的華人畫家！我做出欽佩的表情誇張地歡道「我靠」！他看著我笑出了聲。朋友轉身又來介紹我，我趕緊說我就是一個家庭婦女單身母親，打工的。

那天，酒都喝多了，幹什麼的全有，面目猙獰，鬼哭狼嚎。藝術家嘛！我仗著天生的好酒量清醒地看著他們，挺可笑的。人在何時就說何時的話，何必把自己非放到某個莫須有的高度進行自作自賤呢！我悄悄溜到門口準備走人，瑞德突然出現在我面前。他問我能不能送他，帶他來的那位早不知東南西北了。我說好。

那個淩晨，風很大。墨爾本的海濱一片漆黑，只聽得一聲聲的驚濤拍岸。我們沿著海邊慢慢開著，誰都沒有說話，車裏在放著德標西深沉憂傷的鋼琴曲。靜默中開到西門大橋了，我加快速度飛駛上橋頂，燈光漸亮，驟然間，隔海登高望見了市區那一派燈火燦

爛，好似平地煙花乍放，繁榮璀璨得令人心頭為之一振，晦氣全出！這時候，瑞德伸出手來，握住了我搭在方向盤上的手，我回頭看住他，倆人默契地笑了。之後，才開始了談話。

　　我那時身兼數職，打著三份PART-TIME工，要養活兒子和自己，根本沒時間細想將來如何，更別提畫畫了，盡管那是我的專業。瑞德深為我惋惜，兩天一個電話地鼓勵我再重新試試，他給我找畫廊。我笑著說我要找丈夫不要找畫廊，他聽罷憤怒地摔了電話。我這才覺得有點兒意思，打了回去，問他是不是真的對我有信心，他說他愛「才」。——後來，在他突然一天買齊了幾乎所有油畫用具叫著TAXI出現在我家門口的那一刻，我決定畫了。

　　接踵而來的是一段辛苦到流淚的日子：早起送完孩子去工作，下了班接孩子回家做飯照料，晚上九點鐘後才能開始畫畫，直畫到凌晨兩三點。拿給瑞德的作品常常被他批評得體無完膚，改上三四次是正常的。有時委屈得真想不幹了！可我不能辜負他的厚望，如此看好我的人實在不曾有過。

　　五個多月後，瑞德把我的畫送到墨爾本一個不小的年度大賽參展，我竟然獲了頭獎！領獎的那天，他陪我站在酒會上，我緊緊地靠住他。這時候我終於意識到自己已經不可救藥地愛上了他！我需要他長久地出現在我生活中，不想他離開。

　　於是，我順從地聽著他為我做的一切安排：辭掉所有工作，專心畫畫，賣畫，希望能和他一樣締造出自己的藝術王國來。瑞德也總是把我帶在身邊，成為了他的模特。畫中的我是他精神上的女神，真實的我也成了他身體的一部分。那時候，我真的挺得意！

　　可，男人和女人的最終欲望是不同的。
　　我們很少談及未來，談及家庭，只過著那份浪漫的，及時行樂

的日子，藝術至上，性愛至上，比年輕人還年輕人。

我的財政情況並不太好，賣畫的錢不穩定，有時還要他的資助。在我們經常性的四處遊歷中，我不能把孩子帶在身邊，澳洲的保姆費用貴得驚人。而我還是那麼不管不顧地跟著他相信他，好像這就是我的全部精神生命，不可或缺。

在這麼過了兩年的浪漫的「畫家」生活後，有一天，我無奈地告訴他：我可能懷孕了。

5

送完女兒後，我往家走。溫煦的陽光畫出一片寧靜。我的家是我做夢的窩兒。丈夫來子把我奉為至寶，愛得無以復加，連房子都是我自己的品味：並不新，粗木建築，高而尖的大屋頂。樓上臥室的天花都是一斜到底。屋後半公頃的空地有幾棵光皮桉樹直直地豎上了天那麼高，還有檸檬，桃樹和無花果。前院有一道回廊，來子為我做了一把能盪鞦韆似的遮陽椅，永遠地晃蕩在空氣中。來子大小事情總是依我，他說這就是愛，愛就是讓我活得痛快！——「痛快」是不存在的，但這份美麗平靜與世無爭的日子，讓我從心裏感激來子。我曾嚮往過和瑞德擁有它，而今，男主人換了……來子，重要的是他很愛孩子們。

我走進院子伸手掏鑰匙，大門卻自己開了，來子笑盈盈地面對著我：「有客人！是我邀他來家坐坐。餐館那邊沒什麼事兒了。過一會兒再去開門。」

被他緊拉著手來到客廳裏，我愣住了：瑞德端坐在沙發上！

來子自豪地介紹：「這是我太太。」

瑞德點頭：「她很出色！畫兒也很出色！」

無數個念頭，無數種可能性從我心裏閃過。我不動聲色地坐下。

來子高興地跑去沏茶。

我惡狠狠地低聲問瑞德：「你來幹什麼！」

「只想看看你過得好不好！」

「看到了？！我非常好！你該走了！離開我的生活！」

瑞德沒理我，坦然自若地從包裹拿出一本雜誌，用正常語氣說：「這是最近的一期《世界美術家》雜誌，登了我的一幅獲獎作品。送給您，請您指正。」

我只好接過來，一看：是一幅非常寫實的人體作品，那個端端正正坐在畫凳上目光迷朦全身裸露的女子，正是我！──我頓時冷汗直冒，啪地合上雜誌隨手塞在沙發墊底下。

我急促地站起身走到正在廚房忙碌的來子身邊，做出撒嬌狀：「我挺累的，你讓他走吧！好不好？！」來子為難地看看我，摟住我的腰。他的懷抱讓我感到舒適放鬆。

瑞德在廳裏看到了，知趣地告辭。

來子尷尬地笑笑，摟著我送瑞德到門口。

瑞德的眼睛深深地在我身上留戀了一下，搖搖頭，禮貌瀟灑的走了。幾步後又回轉身說：「中午在你們餐館吃飯，請太太一起坐坐吧！」

來子替我答應著：「好！沒問題！」

關上門後，我還沒說話，來子就先道：「看來以後不能什麼人都往家領。這個畫家好像看上你了！」

我笑出了聲，想說「知道就好」，可不敢開這種半真半假的玩笑，便換了句話：「只有你把我當寶貝！」

「你就是我的寶貝！」來子說著一把將我抱了起來，走進了臥室。

臥室的大床上，我無力地感到心底的一種壓抑需要來子的力量幫我抗爭，於是迎合著他的瘋狂，袒露著自己的欲望。他毫無耐心地剝開我全身的衣裙，貪婪地吸吮著，進入著……我在發洩與被發洩中不可自製地產生著回憶：也是這麼種癡狂的做愛，卻是在瑞德的畫室。我赤裸地坐在長凳上，瑞德放下畫筆走過來，忘情地撫摸著我光滑敏感的肌膚，我們開始喘息，雙雙躺倒在地下翻雲覆雨。房頂天窗射下明亮的陽光灑滿我們糾纏的肢體，瑞德突然從我身上跳起，衝到畫架前激情地塗抹幾筆，再回手抱過我騎到他的腿上繼續做愛……那就是我們！

6

來子走進我的生活，是帶著不屬於這個時代的執著的愛情而來。他那麼一往情深地就是認準了要娶我，至今我仍不明白他倒底為什麼愛我這麼強烈。

那個挺熱的夏天，正是我水深火熱舉棋不定的時候。一個中午，他事先沒打電話就敲響了我的門。看著大汗淋漓烈日下的他，真是無可奈何！他站在門口就說：「我知道你一直拒絕我的求婚。這麼久了，你總是不給我留餘地。我並不想和你做什麼朋友。我是能愛你能照顧你和孩子一輩子，一生的人！我已經開始在賣餐館了。我可以帶你去任何你想去的地方！我要讓你相信我……」

我心裏顫了顫，有些感動，想像不出這年月還有如此癡情之人。從認識時起，這個餐館老闆竟然持續了四個多月不懈的求婚！

我沒等他說完就拉他進了屋。什麼也沒說，讓他坐下，把空調

開大，靜靜地為他做著冰果汁切著西瓜，又給他拿過冰水浸濕的毛巾……心裏有些亂。我隱隱發現，原來自己是這麼渴望做個好妻子好母親，渴望有個安安靜靜的家，渴望有個男人讓我照顧也照顧我。——這種突如其來的感受令我更是倍感淒涼，更是不願回首瑞德那激情的虛偽。於是，在來子走近我，從身後抱住我的時候，以往兩年的滿腹委屈全湧了上來，我不管不顧地接受了來子的索求。

兩天後，我又坐在了瑞德的面前，又在聆聽他的說教。我不是一定想要下肚子裏的孩子，只是不甘心。從兩周前我告他可能懷孕時起，我就沒一天不被他「教育」的。——「你還年輕。已經有了一個累贅（他指孩子）。你要抓緊眼前的機會。要把社會基礎打牢。我們是在同本土的歧視亞洲人的洋人打交道。你不能自我放棄。我們倆現在不可能在一起過什麼普通人的普通日子。我愛你的才華。我不能找一個平凡的家庭婦女。我要你發出你最大的光彩而不能讓你泯滅。不要走世俗的路。你的獨特風格會讓你成為澳洲唯一的最出色的華人女畫家。你振作些！我們沒時間兒女情長。美好的性愛應該是對我們生活的鼓舞而不是萎靡。我們就這樣下去不是挺好嗎！……」

瑞德，你真是不懂女人。其實我只要你一句話，一個「愛」字，安慰一下我沒有安全感的心，就像你在事業上給我以信心一樣。有了愛，我什麼都可以為你做啊！可我什麼都沒等來，除了越來越過分的爭吵。他說「沒想到你和她們一樣！有了這麼高的文化教養反倒比普通女人更有過之而無不及！你真讓我失望！」然後誰都不再想給對方機會，甚至不再通電話。

幾天後，我只好主動打電話給他，告訴他我約好了打胎的時間。可他竟然冰冷冷地只回答一句「自己當心吧，我會去看你」就

掛斷了。我聽罷傻在那裏，從頭涼到腳。電話掉在地下整整兩天沒有去撿。保姆幫我帶著孩子，我自己全然不知道吃喝。三天上，來子來看我時大驚失色，他並沒多問一句話，每天不離左右地照顧著我和孩子。

直到我終於清醒地想到了以後，未來，我便像抓著救命稻草樣抓住來子的手，我同意結婚。我終於清醒地知道了我已經付不起眼前所有的開支，我需要一個正常的男人來讓我也做一個正常的女人，讓我的孩子有一個正常的家和正常的父親。我要嫁給一個能好好愛我的人，而不是只要我去愛去付出的人。

兩天後，我搬去了來子的家。再一個月後，我告訴來子我懷孕了。兩周後，我們結了婚。再之後，就是賣餐館，找地方，覓餐館，買房子。

離開墨爾本的那天，我寫了一張明信片寄給瑞德，說我結婚了，走了，走得很快樂。

是啊，就那麼樣地走了，帶著今生誰也不會知道的秘密。為什麼？為了對自己繼續生存的信念還能有些鼓勵和期望！為了對我今生曾經付出了全部的那份愛情，事業，和快樂留下一點紀念！
……

7

我洗完澡，披著浴衣走進畫室。這裏，有著我另一半的心與神。剛離開瑞德時，是打算不再畫了的。可生下女兒後，看著她漸漸長大，看著她酷似我的容貌中帶著酷似瑞德的神態，我實在不忍

絕了那曾經的感覺，也許還或多或少有一線思念需要排遣吧。說不清，時間慢慢滑過，淡下去了，提筆竟也平靜了。於是，所謂自己的事業沒有丟。一種自慰而已。

　　站在畫室無法收住心神，我突然記起瑞德今天的那本雜誌，趕緊奔到廳裏從沙發墊下翻出來。我有些疑惑地看著那幅畫：他真的還在心裏記著我嗎？為什麼他的新作還是用我做模特？為什麼他還特地拿來給我看？難道他曾經真的愛過我？孩子的事會不會對他太不公平了？……

　　我的神情開始恍惚，似乎又回到了他的畫室，他依然凝神靜氣地筆起筆落，室內的空氣中飄蕩著德彪西憂傷深邃的鋼琴曲，天窗瀉下的光芒灑滿我潔白赤裸的軀體……心中一陣空空洞洞的難過襲上來，淚水模糊了視線：如果真是這樣，我該怎麼辦！

　　我衝動地想要馬上見到他！我想馬上看到他的雙眼重新深切地注視我！我還想聽到他拉著我的手訴說的他宏大的夢想，而這個夢想裏依然有我！……即便我什麼也不會再做，我還是想要見到他！

　　我不知所以地衝進臥室開始打扮，穿上他以前最喜歡的那件長裙，梳好他以前最喜歡的長辮，精心化上淡妝，自信地塑出一臉微笑，走向餐館。

8

　　世界很平靜。上天保持著一貫的沉默，不做任何許諾。

　　曾經山中暮色裏的輕煙，讓我感受過了已經落幕的恩怨與坎坷。還有「真情」二字嗎？落了幕，也還是一無反顧。

　　小時候媽媽給我講的七彩花的故事，原來真的只是寓言。天，光光亮亮，路，只有放心地走上去以後才覺出辛苦得竟捨不得停住腳步。

　　我走向餐館，無所謂地錯以為是。

　　餐館裏已經很熱鬧了。遠看去，瑞德他們的包桌很醒目，八九個人圍坐在正中一張鮮紅桌布鋪好的大圓臺前，看不清有幾個是中國人幾個是洋人。

　　我從後面進去，先到了廚房。來子正忙得一頭大汗，我去幫他擦了擦，他還沒忘了湊過來親我。廚房呈長條狀，中間是備料的長案台，兩個夥計手忙腳亂地跟著來子的命令分碟分菜，靠一邊是四個爐頭上面頂著巨大的抽油煙機，來子站在那兒掄著大勺有條不紊地把七七八八菜肉配料搦進鍋裏，嘴裏還不停地吆喝著上這上那，案台另一邊是一串兒的冰櫃。大家都在往來穿梭著，我實在是礙手礙腳。來子喊了一聲「你出去陪陪客人，看他們有什麼需要」，我趕緊溜出了廚房。

　　轉過了那道惡俗的黑紅色木頭屏風，我來到了餐廳中央。

　　瑞德從桌子上抬起頭，看見了我。

　　他一臉春風地起身走過來，拍拍我的肩膀，「我給你介紹些我的新朋友」。他甚至沒有看一眼我身上的長裙。

　　那張台看上去全是兩年前不曾認識的人們。他換得好快啊！可我記得他原本不是愛交際的，只會踏踏實實地做畫兒。

　　瑞德首先介紹的，就是一位坐在他座位旁邊的女孩子。「這是辛蒂，我的模特，也是個非凡的才女！她的風格像……」

　　他原來是在向我挑戰！瑞德，你原來還是你啊！

　　我在這一分鐘才完全釋然！——我可真是夠傻的！還穿了什麼當年的裙子，自作多情地以為他對我是真情未了。看那女孩，比當年的我年輕漂亮十倍，恐怕在瑞德眼裏也有十倍於我的才華！那女孩的眼睛告訴我，她怕是也比我對瑞德更癡迷十倍！

　　又一個瑞德的「作品」問世了！這個永不倒下永不在乎的男人！

　　我留了張笑臉給他們，沒有聽到瑞德繼續的介紹。我對自己說：看，該學會的你都跟他學會了。只有最後這一手，雖然事隔了幾年，你明白得還不算太晚！原來都是錯覺！而這錯覺，也終於會消失殆盡的。——我輕鬆地感到：我終於可以坦然自若地帶著女兒好好過日子了！

　　我於是打斷了瑞德那炫耀式的介紹，淡然地問道：「大家有沒有什麼需要？我是這兒的老闆，只管對我說。我先為你們再添點兒茶來。」來子從來都說他的好太太才是這家餐館的真正老闆。來子真好！

　　在我轉身之際，聽到那女孩在問：「她真是美得有味道！哎，你的那麼多獲獎作品畫得不都是她嗎？……」

　　「我告訴你，她曾經是個非常出色的畫家，可惜，就是毀在她自己的個性上了！所以，你的道路還很長，得聽話，得當心啊……」

　　瑞德又開始了。

　　我暗自笑笑：原來，兩年前的我，竟是這般的見山不是山見水不是水啊！

（2002年）

十一月初的靈魂漫步

1

有人說：如果希望世界上減少罪惡，唯一的辦法就是：減少男人。

兩性之間的溝壑自古無人跨越；彼此的理解？那根本就是及表不及裏。

所以，如果不是同性戀者，「保持距離」，便一直是我對兩性間可以長久相處的主張。

保持距離，空間上的，靈魂上的，如同古人所稱道的君子之交。現世不存在君子了，「淡如水」卻是男人與女人相處的真理。

生活的勇往直前的推進，是因有著無限豐富博大的可能性。都說，人是有權力來選擇自己的生存方式；但是，換而言之，每個人也正是因著「可能性」的存在，被各種慾望囚禁著，拘束著，未曾得到過真正的選擇權力。

男人和女人的慾望是共同的嗎？

只有穿上衣服的人，才能發現裸體的美麗。沒有被束縛過，何談自由的感受。

男人和女人，是「子」與「魚」的關係，誰也不知道誰之

「樂」，更沒有必要去關心誰之「樂」，能鬧明白自己之「樂」之
所在，並敢於成就它，就已經是一份值得驕傲的生活了。

（2006年11月1日）

2

　　持續做著每天該做的事。陽光在雲層和藍天中出沒。

　　墨爾本的風，清清冷冷地刮，其實已是入夏的季節。山中送春
的花開過了，怎麼也想不起來到了夏天該輪到什麼盛開；是不是有
什麼應該盛開？

　　住在五號的斯坦今天穿著很鄭重其事的一身西裝，別了一朵紅
色的小花在左兜上，和我打了招呼，出去，帶著非常的確定。我猶
豫了一下，沒開口問是什麼日子，進來，帶著非常的疑惑。

　　是不是每個人都該有個鄭重其事的日子；都該認真地穿上禮服？

　　重要的日子其實太多，因之每一天都變得重要，重要得自己已
然忘記了該幹什麼。可，重要二字經常是對別人而言，於是，別人
也就重要得超過了自己。

　　昨天下了一整天的雨。我沒忘了把車開出車庫停在露天，用布
胡亂地擦了擦，然後在雨最大的時候，車被沖乾淨了。維省政府說
今年夏天的乾旱將是九十年未遇，不許用水喉洗車澆花。想想山那
邊的曠野，一路開過，卷起厚厚的浮土，灑落在樹葉上，連樹幹都
積滿塵埃，空氣白晃晃，世界空蕩蕩。感到悲哀。經濟不好，衝擊
著每個家庭。那場仗，原本不該打。

一個像男人的女子在電視裏彈著出神入畫的吉他，昂勁有力，邊彈邊唱自己還邊敲著鼓。一年多沒音信的Gail打來電話，說在這短短的一年裏，她的哥哥得喉癌去世了；她的partner的哥哥也是癌症去世了；她在報紙上發現了一條尋人啟示是尋她的，登啟示的是她從未謀面的四個弟和妹，她父親再婚後生的。都是五十開外的幾個陌生的姊弟妹們坐在一起，歎：老了。怎麼老了才想起一聚。浪費了多少好時光。

不過，又有誰相信年輕時的日子呢？年輕時候也不相信時間。那些潮水洶湧般的愛與恨是一定要傾心地付出，再等著看到面對面的結局，從不肯相信人性的蒼涼和命運的多舛的。

老了，才明白，只有時間讓你相信沒有過不去的橋；沒有走不完的路；沒有永遠結下的恩與仇最終平淡如水。

墨爾本的山裏，是水一般的風，刮著平淡，沒有情仇。

（2006年11月3日）

3

一直相信在思維與觸覺中是有「激發物」的存在的。

一簇微小的陽光的顫動；一聲含糊不清的噪音；一段音樂的記憶，和某種氣味。每一樣都能造成不可預知的外部力量影響著心中或大或小的波動。

有八年沒回北京。四月的時候回去了。在一下飛機的瞬間，北京的味道撲面而來，我知道我的呼吸和血液又被裹住了，掙扎不動，就像沒有音樂的電影。這不是個自由的城市，有過我二十二年的味道。

　　四月初的每個清晨，穿過醫院的小花園，和母親去醫院的食堂吃早餐，油條包子稀飯，有錯覺回到了騎著自行車的大學時代。然後到病房守著父親，一個我生命中最重要的男人，一個快走完了路的男人。

　　我始終說不出請他寬恕我的話，但我知道他是唯一的不會放棄我的男人。我的性格和他竟是如此地相像。

　　我一本本地帶著想讀的書到病房，翻不了兩頁眼睛就盯著父親的臉看。他說：醫院門外有書攤，去買本中文的來看。我飛跑了出去，拿回兩本盜版書放在他的床頭。他問我：你看的那本英文的是什麼。我說：講男人的，裏面有你，是真正的男人的。像Clint Eastwood。我喜歡他所有的電影，就因為他像你。父親笑了，插著滿身的管子。他當然不知道我說的倒底是誰。

　　Clint Eastwood導演的新片上映了：《Flags of our Fathers》。我在心裏毫不猶豫地打滿五個星，這是部純粹的男人片子。

　　父親在一個料峭的凌晨走了。鬆開了我的手。我身體裏的某一部分也死了。完全地沒有了回應。

　　那天早上天空白了的時候，北京變成了一個巨大的空洞的容器，裝載著風沙灰塵和噪音。孤獨。父親的，和我的。一個人的孤獨。

　　如果因著死亡的狀態與我們現在的此生大不相同，我們也權且可以把它稱為「再生」吧。

　　但北京，於我心中，從此陌生。

（2006年11月5日）

4

錢與權帶來的不過是盛氣凌人。

真正清醒的自知之明卻是絕然的骨子裏的傲氣，雖然看起來謙和也平易。這讓我無畏於貧窮，讓我願意成為我想成為的人。

一直深感於語言的蒼白無味。完全表達不出人性及心智的原來面目。每個人都急於表白，都急於交流，用各種各樣的談話方式，但語言所勾勒的畫面經常是誤解扭曲和虛偽。從心裏發出的聲音到唇齒之間，不過是短短的距離，卻像飛速經過被染色的迴旋曲線，應接了無窮的挫折。

聲音出去了，心裏寂寞了。

有快一年的時間，什麼都沒寫。自己就像是被沉痛的力量壓抑著。我以為會有什麼更重要的事物將浮現出來，能讓我放棄那不停地深入自己內心世界解決問題的方式。那麼多的人都是靠了生活的本身，匆忙掙扎的本身來解決所有問題的，完全不用對「內在」產生疑問和對抗。太平盛世之中，大家在為追求名車靚房而疲於奔命，一生一車一房，完全不去考慮這是不是對人類智力的侮辱。如同現在都市中的愛情，每個人都把自己放在絕對安全的位置上。

可我失去了一種自由。

寫作對我，是自由，也是驕傲。

世上有太多無法到達的地點，無法接近的人，無法理解的欲望，無法擁有的感情，無法彌補的缺憾。只是，心卻是無法沒有自由的。

入夏的季節，又到了可以赤腳走路的日子。站在院中清濕的土地上，涼涼的氣息順腳趾甜到心裏。一道陽光，幾乎沒有色彩的陽光射遍全身。

我終於不再是，囚徒。

（2006年11月7日）

5

去乾洗店送衣服時才發現，我竟然可以只穿一條裙子一雙靴子過完了整個冬天。簡單的快樂油然而生。

很晚的下午，駕車經過一家葡萄園，拐進去，酒窖關門了。隔著籬笆看那玫瑰花園在橘紅的暮色裏鮮豔著，還有一對新人拖著婚紗在拍照。世俗的幸福令我嚮往。

和上一盆面，大張旗鼓地烙蔥油餅。電視裏正在播放動畫片《The Simpsons》，惹得我哈哈笑個不停。

蹲在Nursery挑我喜歡的掌類植物，與熟悉的店主閒聊了半個小時。然後滿載而歸，還帶著一腦子消化不了的種植技術，甚感充實。

在挺遠的郊區小鎮發現了一家畫廊，六七十年的古堡般的建築和庭院讓我歡喜雀躍，自己對自己說趕快畫畫。

家裏的電話始終放在錄音那一檔，再把手機也關掉。享受寧靜之中全然的孤獨，它讓每分每秒不浪費地屬於我自己。

不依靠印象而生存。我對生活要求簡單，只需保全住自由。

日子過得好快。我是不是真的可以這麼理所當然？

（2006年11月9日）

6

把魚子醬塗抹在烤麵包片上，再喝一杯紅酒。

一個人要擁有能獨立應付災難並為自己追求快樂的本領。

所有的邪念，都產生於對他人不停的揣測和猜忌中。

（2006年11月10日）

雨季的筆錄

如果自由的感覺始終伴著你，那每一天對於你，無疑就是一場旅行。

忙亂的生活好像告一段落，我又開始悠然閒逛。連著看了幾場好電影，其中《Four Minutes》讓我流了淚。很多很多年了，沒有被電影感動到落淚過。說不清為什麼。可這「四分鐘」，我無從自控。我一直相信「音樂是藝術的最高境界」，但似乎只有從心底爆發出來的才是。在天才的Jenny背對著鋼琴，以絕望不屈的目光盯住獄監，用帶著背銬的雙手第一次狠狠地奏出她深埋在心底的呼喊時，我的淚水下來了。我知道這部電影是屬於我的。結束的四分鐘，那是Jenny一生最後的，唯一的，閃光的四分鐘。她拒絕去演奏巴赫，貝多芬，她用這四分鐘敲出了自己短短一生的掙扎與悲愴，她用這四分鐘向她的音樂和未來做了告別。

有的人把自己不能實現的生命變成了一個偉大的夢；可有的人，連夢一次都不敢。

呼吸著雨後的空氣，慶幸著自由的感覺。山下的小河漲滿了水，動物們喜氣洋洋。我想像著雪山的白色和草地的綠色，一切清香而潔淨，就如同自己每天的日子。

很少再像以前那樣整瓶地喝威士忌，轉向了紅酒和port。用山

羊的cheese混了牛油果和生洋蔥和檸檬和番茄，搗碎了抹在烤好的麵包上，做宵夜吃，再喝下兩杯純美的紅酒。雨打在院裏的樹葉上。我想我老了。

　　去逛書店。本來選好了幾本自己鍾愛的澳洲作家的小說，突然又發現一位上個世紀在維也那出生的畫家Hundertwasser的畫冊，強烈的色彩令我愛不釋手，坐在地下看了又看。於是，交錢的時候，手裏只有這本畫冊。值得一學的東西太多了。我們的一生倒底又有多少時間？

　　媽媽在電話裏說：爸爸的遺作《琉璃宮史》最終出版了，還獲得了北大設立的一個什麼學術獎。我說：給我寄來吧。這是部緬甸王朝的佛教文學史詩。但我清楚地記得，在作者的前面，是有著當年幾個政工幹部的名字的，他們竟說：這成果屬於集體。Suck！Retarded！我無法再說我愛那個城市，那個校園，那個埋葬了我的父親我的溫暖家園，如今現代得騰飛得所有人都膨脹如同遍地高樓滿天黃沙般忘乎所以的國度。

　　時間蒙住了我的眼睛。我只能在回憶裏凝望你。

　　倫敦的欣然發來郵件，附帶了一封巴西的讀者給她的信。那巴西人用亂糟糟的英文質問她：為什麼她的書中沒有涉及有關中國婦女被強行墮胎和有些女人一旦知道自己所懷的孩子是女孩就不管不顧非要打掉孩子的社會問題？欣然很理智地回答巴西人：我們的女作家會告訴你。我想，似乎我自己是無從解釋這問題的，不是無法解釋，是無從。因為它太簡單，也太龐大。西方人（巴西算不算西

方,我不知道)明白法律是什麼,巴西也有著嚴格的保護婦女法,叫什麼Lei Maria Da Penha,可中國,是世界上一個與別的社會都完全脫節的,不能用常理來看待的空間科學,不只是政策,還有歷史人文。解釋不清楚。這巴西人問得也幼稚。解釋中國,恐怕要窮盡我們一生。不,我不去浪費這時間。我回欣然信說:讓巴西人再多讀你兩本書自己鬧明白好了。

有些問題太大了,因而變得單調,甚至無法從中取樂。那麼種不適的感覺,沒有舒緩,高貴,安逸,只有極度的乏味帶著隱隱的痛。

畫畫的時候我常常矛盾,自己的色彩承傳了大師傅紅的唯美主義的色彩,但卻總少他的力度。我是應該繼續我的女性「主義」,還是要探索點兒陽剛之氣?表現女性的夢想是不是很個人化?可一旦動筆,創作的仍然是我自己的世界。矛盾中,我沒有改變自己。喜歡跟潮流的,只有那些在中國的畫家們:畫「毛」畫到手軟,像是被「毛」的陰魂附了身;畫「文革」畫出了大錢,於是畫上四百幅相同的嘴臉,還竟然敢稱自己是現代藝術家。藝術家,成在個人風格,敗在隨波(商)逐流。中國,沒有現代藝術。

雨季時節的山,清蒽深遠,帶給你欲望。這欲望我從小就有,深埋在身體某個器官的湧動裏。在那時北京家裏的陽臺上,我可以望見西邊的玉泉山,山上的塔,後面的西山山脈,秋天時隱隱的紅色。我會一直望到太陽落山,心裏悵悵然的。我想,那時年幼的我是在嚮往著心所不能及的一程旅行吧。那程旅行有著豔麗的色彩,神聖的愛情,激盪的故事;那程旅行能把一生耗盡。而現在身居山

中才知道，山帶給你的欲望，其實不過是對自由的領悟，對平凡的依戀，對綠色的無限遐想。我已經走在那程旅行當中了。我仔細地關注著我們地區報紙的每條小消息，今天卻錯過了一場土著藝術家的街邊演出，後悔得頓足捶胸。那些土著人其實就住在離我們小鎮不遠的一個村裏。那邊的山裏還有專供藝術家修煉的幾幢木屋。車是開不進去的，要步行穿過林子才能到達。

我的一個學生寫了一篇小遊記，講他怎麼去北極的雪鎮看熊。寫得真實而生動，我給推薦到校報上。幾個老師都問我怎麼才能去。我便回到班上問他。他瞪著眼睛說：我沒去過，怎麼去嘛！我是看著電視寫的。我啞然失笑：孩子的智慧，大人的愚蠢。

躺在床上重讀海明威文集，一本接一本，夢裏都跟著他在非洲的原野上打獵，獅子，豹子和野牛。然後又換了英文的原文來讀，還是獅子，豹子和野牛。雨季，是讀書的好天氣。雨季，還是靜靜地喝紅酒的好天氣，再用麵包仔細地抹乾淨盤子裏剩下的湯渣，認真而酣暢。

雨季。開車送小女兒去上芭蕾課，雨刷有節奏地在眼前舞動。記得我爸爸第一次送八歲的我走進演出大廳，也是個雨天。他騎自行車帶著我，穿著灰藍色的雨衣。他說：「散場後就在這兒找我，我等著你回家。」雨下得很大。我一點也不關心演出，我只知道，散場後，有爸爸在那兒，他在等我回家！

（2007年）

Fly us Home

山坳中的小鎮。

空氣是清冷冷的。開車慢慢滑過，兩邊是陳舊的古老建築，結束了的耶誕節的紅綠裝飾還飄在街燈上。

你在一間炸魚薯條店買了烤雞腿和咖啡，坐在暖融融的店裏吃。要落腳的小木屋就在街後面，一種沒來由的踏實。

街對面有個超市，旁邊是一家色彩燦爛的服裝店，典雅的花紋和圖案，一盞中國式的小紅燈籠在房沿下晃蕩。

街上清清楚楚的女孩男孩說笑著遠去。鄉間的工具車轟然駛過。還有安靜的狗在路旁來回逛遊。

你開車轉到木屋前，停好，走到隔壁房主的家取鑰匙。他是個有著灰色長髮的中年人，很安靜的面孔，簡單的牛仔褲和白色襯衫。身後傳來女人大聲的叫喊。

打開了小木屋的門，你心裏「呀」了一聲：滿牆掛著老照片，黑白的，褐色的，老英國紳士嚴肅的面孔。祖先們排列著鋪陳家族的歷史。壁爐前的木頭已經堆好，手掌大的火柴是專給壁爐用的；通到屋頂的書架；還有，你最愛的老唱機和幾百張唱片。窗簾是碎花布捲起來帶著流蘇。飯廳裏的老德國鋼琴還帶著打孔的自動奏曲裝置，鋼琴的旁邊是鼓。廚房的碗架上擺滿了英國瓷盤；走廊的衣掛上有著深色的大衣和牛仔帽。

你慢慢走完所有房間，站在鑄鐵的老吊燈下，感覺時光的往來

回復如此沉澱著充滿了空間，你好像置身在了被人遺忘的沉靜完美的一個家裏。

你抽出John Denver的唱片放上，讓小屋裏彌漫起七十年代的懷舊感情，然後開始把自己的行囊打開。

有那麼一點點錯覺：不知道是離開了家，還是回到了家。

傍晚，你坐在後院裏吸菸，院牆那邊還是女人不停的大聲叫喊。房主隔著籬笆問好，溫暖的笑容好像他的屋裏什麼也沒有發生。

他聽到你在放的John Denver，就說他一共有七張，都能在架上找到，那首「The wings that fly us home」是他的最愛。

你便說「There're many ways of being in this circle we call life（在我們叫做生活的怪圈裏有許多路）」，他便說「A wise man seeks an answer, burns his candle through the night（聰明人燃起蠟燭徹夜尋找答案）」。

你們笑了，各自轉回自己的屋裏。

你從不看電視，在書架上尋找喜歡的書。靠近壁爐的夾縫旁，挑出一本名叫《Fly us Home》，作者是Dean Jo。你架好木頭點上火，把身體埋在沙發中開始讀。

「這曾是個英國的望族，殖民時期去了非洲，男孩的童年就帶著神奇和曠野的浪漫長在了有著黑人世界的白人農場上。家族沒落了。十五歲的男孩離開了非洲，輾轉幾年，在英國結了婚，又來到了澳洲。他作過礦工，買過農場，心中有個夢，就是回一趟非洲的家。可他那個曾經是鄉村歌手的妻子卻患了終身性精神分裂，只認識身邊的他，不接受任何外人靠近。家裏不能有音樂，不能有多過兩個人的談話聲。好的時候無異於常人，犯病時不停地大呼小叫。

非洲的曠野非洲的鼓聲總在髮已花白的男孩的夢中反復出現，他無法明白這是什麼樣的一種力量在撕扯他。他最終不顧一切離開了妻子飛回童年的農場夢中的家。卻，只看到了內戰的血腥和罪惡。當他再回到自己真實的家中時，醫生對他說他的妻子將永遠住在醫院，不能回家了。」

清晨的鳥鳴聲中，你合上了書。窗外的樹枝間鳥池上，大群的紅藍交織色彩斑斕的鸚鵡在追逐嬉戲。一整夜你伏在滿牆的照片裏尋找，那就是這書的插圖。

白天，常能見到Dean。

你問他是個作家嗎？Dean說他是個礦工，鄉下人，想寫寫自己的故事，自己的夢而已。

你們倆曾經坐在你這邊的屋前一起沉默地喝過酒。

他問你「家在哪兒？」

你頓了一下，說「墨爾本」。

他就踏實地笑了「這麼近，多好」。

可你自己知道，你的家也在很遙遠的北半球。只是你不願意回去，不願意看到童年的家園已經變成了欲望的鬥獸場。

你和他的不同是，你沒有了「家」，而Dean把他的「家」放在木屋裏，孤獨地塵封了。

兩天後，你離開了。Dean說「隨時來住」。

離開那裏之後的好多天，你都在想什麼時候回去，回去繼續聽John Denver，繼續聽Dean的鼓聲。

他曾敲響過，那是非洲的鼓聲，狠狠撞擊著你和他的靈魂。

　　於是，有種東西伴著你前面的路，它伴著觸目所及的時光，你卻不能抓住，因為抓在手裏它就會死去。

　　「It fills the endless yearning of the soul，它充滿無盡的心靈渴望
　　It lives within a star too far to dream of，它在夢想不到的星際
　　It lives within each part and is the whole，它的存在是個完整
　　It's the fire and the wings that fly us home.」它是火焰是帶我們
　　回家的雙翼
　　　　　　　　　——John Denver《The wings that fly us home》

　　每一次旅行的終結，都伴隨著心中很多疑惑和愚蠢的終結。
　　你回到城市。
　　烈日之下，乾燥的氣息混沌著人群與空間。你在用高壓水槍噴刷著你的車子。帶著彩虹的水霧撲面而來，清醒著你被曬黑的肌膚。
　　夜晚，一場又一場party在城市間起起落落。人們不能自拔地隨著混亂的音樂走了調地唱著歌曲。
　　你看著他們，就像聽到一種難以描述的沸騰的轟鳴存在於四面八方。它在從生到死從死到生變戲法一般在完全沒有理由地變幻。變幻之中，多少人站在無邊無際的天空之下，他們毫無把握，他們的四周是為欲望所驅動的疲倦的臉。

　　你慶幸自己，因你知道，只有在路上，在那種距離中，才會有心靈的風景。
　　你曾經行走在路上，你曾經遇見過心靈的家。

　　　　　　　　　　　　　　　　　　　　　　　　　（2006年）

少年Ben的故事

還常常想起那個叫Ben的男孩子，常常想起紐西蘭。對我，那是個絕美卻孤獨的大島。

前幾天姊姊來電話，她一如既往地生活在那裏。她說，每次只要是開車經過任何一個湖，都會令她想起Ben。

也許紐西蘭太孤獨了吧，有些記憶是無法淡漠的。

那些年，姊姊在紐西蘭南島的一個小有名氣的鎮子上開著一家小型的Motel。那兒有常年積雪的群山環繞著一個翡翠般寧靜的大湖。那兒的夏天，夜晚九點半還是金光燦爛的，寶石藍的天幕上塗抹著桔紅色的夕陽。

湖邊有個毛利人的小教堂，用不規則的大石頭砌成，尖尖的頂，已經過百年了還在使用著。湖邊還有只昂頭挺胸的狗的銅像，高高的石頭底座，據說是「護湖」的英雄。關於狗的傳說，有好幾個版本，歸結起來無外乎是它拯救過數個溺水者，到死都忠誠地守在湖邊。

姊姊的鄰居是個毛利老人，帶著個十四歲的孫子。男孩有著四分之一的毛利人血統，二分之一的澳洲人血統，還有四分之一是中國人的血統。

那個毛利老人是孤獨的，完全沒有毛利人群居的習性：幾代同住的大家庭，喝酒無度，夜夜升歌。

老人健康硬朗，具體年紀很少有人知道。一頭蛇樣繩卷著的過肩長髮，目光如鷹，冬天也只穿件長T恤而已，倒是終年一雙靴

子。他常常開了機動小船到湖中央去釣魚。他的孫子有時陪在身邊，也是一個非常安靜的男孩，叫Ben。

Ben每天坐Bus到百公里外的城市讀中學，往返兩個小時。週末會來姐姐這邊玩。整個鎮子上，他只到姐姐家作客，和姊姊的丈夫一起看Rugby，收拾花園，和姊姊一家聊得很熱鬧。

但，老人從不過來。

他們是鎮上唯一不去石頭教堂的毛利家庭。

姊姊總覺得那孩子很孤獨。可實際上，孤獨是旁觀者想像出來的，那孩子快樂地和老人生活在現實中，他的世界也許豐富無邊。

後來，有那麼一天的中午，老人突然過來了。這是唯一，姊姊說，也是最後一次。他就像是有著某種預感，過來借個並不重要的工具。姐姐邀他坐一會兒，老人猶豫著只站著喝了杯咖啡，走時說謝謝他們對Ben一直這麼好。

下午三點來鍾，湖面傳來巨大的爆炸聲，一股帶著火焰的黑煙自水中騰起。

Ben放學回來後再也沒見到他的外祖父。

十四歲的Ben把自己反鎖在家中整整兩天，不肯見任何人。

老人的喪事是姊姊一家幫忙料理的。

第三天是週六。

早上，他像幽靈樣打開了門，直直走進了石頭教堂。教堂裏，所有鎮上的毛利人都愣住了，不發一言。Ben走到聖台前突然揮起斧子劈斷了那個百年聖像，然後又揮動斧子直衝人群。尾隨而來的姊姊奔過去死命抱住了瘋狂的Ben，Ben連哭帶喊「是他們！就是他

們殺了爺爺」。

大概兩三天後，姊姊第一次見到了Ben的父親，一個Ben完全陌生的澳洲男人。這個父親對姊姊說的第一句話，竟是不客氣的質疑：「你怎麼是中國人！」姊姊後來才得知，Ben經年不知去向的媽媽就是個中國人和毛利人的混血。

Ben並沒有跟父親走。風清月高的深夜，他帶著老人的雙筒獵槍，坐在那只狗的銅像下，自殺了。

他甚至沒有和姊姊說句話。

姊姊在此之後幾個月沒有和我聯繫。再收到她的電話，她已經住回了基督城。她說老人機動船的爆炸查清的確是人為的，可，鎮上的毛利群落無人說話。她說她真想搞清楚那個野蠻的毛利人的宗教為什麼如此容不下那一對善良的祖孫，她還想搞清楚那拋下老人和孩子早就跑掉了的女人倒底是不是中國人。

但，她這輩子也搞不清楚那一家三代的故事。她能做的僅僅是把Ben記一輩子，一個姊姊一直認為孤獨的男孩。

姊姊無法再在那個寧靜孤獨卻帶著血腥的小鎮住下去，她選擇了離開，說，永遠不想回去。

常年積雪的群山依然環繞著那個大湖，太陽依然升起。

卡夫卡曾經說：有人通過指出太陽的存在來拒絕苦惱，而有人則通過指出苦惱的存在來拒絕太陽。

那個孩子，他用生命拒絕了太陽。

我後來又去了那個小鎮。一條清澈的綠色的溪流從鎮邊奔騰而過，在陽光下閃著細碎的光芒。那個大湖依然湖水平靜，天鵝浮游。

　　鎮上的小餐館裏有老闆娘捧出自己烤的土豆，熱呼呼的香氣帶著她家常絮叨的人情話語。店裏還有油畫，植物，俗的俗雅的雅。

　　那所教堂裏，椅子很舊了，從頂窗灑進來的光，一道道溫暖地傾瀉著，無拘無束。沒有人，可感覺上有點隱約音樂，悠悠像自天國而來。

　　我坐下，寂靜中體會著。這是個能讓人記得和遺忘很多事的地方。

　　我對著空洞突然想起了《小王子》那本書，是啊，Ben一定沒有讀過，否則他會記得其中那句話，他就不會死，他也會遠遠離開。

　　那句話說：在這個地球上生活的人們，每天只能看到一次落日，但他們仍然擁有在不同的地方看落日的自由，這或許就是漂泊的理由。離去，使事情變得簡單，人們變得善良，使我們重新開始。

　　能離開，是幸福的。

（2009）

關於行走關於愛

喜歡站在澳洲地圖前，用目光追逐著每一個地名，每一條紅色黑色的線路，在心中策劃著下一程遊歷。

我的遊歷從沒有很確切的旅遊目標，喜歡的不是名勝與古跡。我只對小地方小人物有興趣，想知道他們的故事。小村鎮中的酒吧，總是有著近百年歷史的建築，看上去就溫暖。

坐在家中翻閱雜誌，比如《Country Life》，比如《Outback》，比如《Australian Geographic》，其中也許某篇文章介紹某個村子裏的生活會吸引我。於是，下一次出行時，我便忍不住想開車前往那個文章中提到的村子，看看那裏的生活究竟怎樣。

澳洲的中部是紅色的，那片廣博的紅土地。

澳洲的西部是白色的，印度洋的太陽明媚得耀眼。

澳洲的東部是綠色的，人們賴以生息的地方。

澳洲的北部是彩虹的顏色，天天洋溢著度假的浪漫。

如果說城市，除去自己生活的家園：墨爾本，我可能會喜歡Cairns。

七八月的Cairns是令身心放鬆的感覺，白天黑夜歌舞昇平，永遠的假日之都。

租輛腳踏車，戴上帽盔，悠遊地逛蕩在那個城市裏，看海港裏停泊的古老的三桅船，飄著海盜旗；登上Casino賭場頂樓的動物園，讓蛇蟒盤在脖子上；坐在市中心的國家美術館裏喝咖啡；再騎出去二十分鐘，可以進入有鱷魚的叢林小徑探險；最主要，還有個

叫Tanks的藝術中心，隱蔽在寧靜的山腳下，處處圍裹著熱帶雨林的植被，真是藝術家的藏身之所。

出門在外永遠要吃得好，這是我的宗旨。

咖啡，酒吧，餐館。從早上吃到半夜。

我一定要去問當地人，要索問出哪裏有最特色的地方食品，然後找過去，坐下，足足地享用。

經常地，花很長時間走很遠的路，只為一餐美食。太多小地方的小餐館，看似普通，卻端出令人驚喜的美味佳餚。曾去過半山腰一家義大利人開的小館兒，家制的CHEESE和糕餅，味道絕無僅有，要了雙份都不知足。

吃罷，清楚地知道，也許今生未準會來第二次。於是，看著山崖下的海灘，一種滿足感油然而生。

還有各色各樣的週末市場和夜市，都是我的城市遊歷焦點。

在Cairns時，一定會在周日驅車一個半小時到Port Douglas參加小鎮的Sunday Market。那裏賣的手工藝品的地方色彩是原版的，獨特豐富，滿眼斑斕；還有用最原始的腳踏榨汁機榨出的幹蔗水，清涼甘甜，原汁原味。

於我，城市的美麗不在於它的規模或繁華程度，而在於它帶給人的氣息是否溫暖，是否親切。

古印度瑜伽文獻《薄伽梵歌》中說：過你自己不完美的命運，好過模仿他人過完美的人生。

遊歷，也是如此。走你自己的路，體會自己的旅途心境，好過從眾地觀光名勝，拍照留影，只為展示與滿足虛榮。

　　我想，我自己真正的遊歷與行走，是能夠體會與品味自我內心世界的孤獨的行程，那是與城市毫無關係的，是為了聆聽自己心的聲音。

　　道路就是生活。行走令我心中充滿愛。

　　沿著路途中的一個個小鎮走下去，就像在繪畫著生命的座標。

　　我的行走是在村鎮間，是在鄉間的大路上。任何一個小鎮都會讓我停留，搜索，和當地人交談。我從不懼怕陌生，新奇帶給我故事。

　　有時是在假期。

　　假期的作息時間總是比平時有所改變。這改變，常常給我的精神注入興奮和稍感不安的愉快。

　　空洞的美好展現在眼前，各種未預見的悲喜故事也不停地出現在腦海。覺得，只要走出去就能看見一切。

　　那時，我便會駕著車一次次去不同的地方，再和不同的人們告別。

　　每次，在倒後鏡中望著他們逐漸朝後退去，成為遠處的小黑點，心裏一陣陣高興。

　　圍繞著我們的世界太大，大得還有無數的新奇在前面的路上，無論如何不能停頓！

　　也有留戀的時候，如果天色泛紅，是個薄暮的淒清時分，他們站在山野的草叢中向我微笑，後面廣闊的草坡擱放著巨大的圓形乾草垛，草垛上坐著他們的孩子嘴裏叼著草棍默默朝我看，天地全被染成金紅色，遠山蕭穆地劃出黛色的曲線。我便有說不出的寂寞感。還想再和他們在草場上玩一回橄欖球，還想坐在農舍的房沿兒下繼續喝著啤酒說男論女。

我的車滾滾地開出去，在紫色的薄暮中。大地在每天呻吟著轉動。

道路就是生活。每個人有著不一樣的喜好。喜好太多，搞混了一切。從一顆流星轉移到另一顆流星。空中，漂浮著聖潔的花朵。永不太平的人群，有誰能拋棄所有眼前的生活紛爭，在平靜甜蜜的理解氛圍中達到純淨的愛情？

我更喜歡夏天的旅程。夏天，帶著愛而存在。

記得在好幾年前，我曾在夏天的旅途中寫下過一段文字，記錄了點滴的心情：

> 「夏天對我來說，似乎沒有故事，有的只是不停的遊歷。好像唯有這麼開車開下去，才能證明我不是貧乏的。
>
> 貧乏和夏天，都是白色。
>
> 生命是否真的很貧乏，我並不清楚，但很多人肯定不是。他們的生命充滿數字般實際的內容，然，於我無關。
>
> 開車的時候會忽略這些感覺，會去專注烈日下的曠野，夜空中的星群，會去回憶少年的愛情，光腳的女孩和頭髮柔軟的男人，這一切就像黑白老電影在腦海裏不停播放。
>
> 車速總是持續開著一百一十公里，越過曠野中一座圓圓的丘陵，後面通常連著一座又一座，像是沒有盡頭。不再像年少時去問山的那邊是什麼了，因為知道那邊還是山。沒有奇跡。更不必好奇。耐著心情靜默地握著方向盤，時間只化成黑與白，永恆的，是消失。

在我的旅途中，最喜歡看到高速路邊綠色的大牌子，那上面列著數個前方知名與不知名的大小城鎮。每看到一塊牌子我就會飛快地做個決定，讓本能告訴我哪個地方可能吸引我拐下去。

在陌生的鎮子裏，充滿了淡淡的紫色，藍色，和綠色的調子，彌漫了夏天的暑熱，又帶著一縷清涼。從停車走下來的那一刻起，我便可以重新開始點什麼，可以不再帶著自己的歷史和往事，一朝一夕都是新鮮的。

在陌生的時光中，會有一種聲音像海一樣在空氣裏湧動，每個清晨的光線都是淺淺的玫瑰紅，清涼的各種植物的味道讓人記起昨晚的睡夢，沉實而甜美。

曾有個小城，有條河從城中穿過，路邊有間酒吧。那是在高速路上開著車就能看見的。酒吧矗立在一片緩緩的坡頂上，周圍連棵樹也沒有，蒼涼孤獨，卻很壯觀。兩層的木結構，斑斑駁駁，樓上還有長長的露臺，男人們倚在那兒喝著酒，聊著女人。它叫著一個很長的名字：Ettanmogah Pub，有百年歷史。那條小河順城流過，綠色，緩慢，寂靜。有一座也是百年的橋建在城邊，是廊橋的造型，能遮風擋雨，走在橋上，腳底的木板總帶著一種幽涼。

那時，我選了橋邊的旅店來住，每天從窗戶望出去，能看見陌生的人們走過廊橋，孩子們光著腳在河邊追趕著野鴨子。平靜的快樂充滿在空氣裏。

有時，還會有一兩個如我一般的獨行之人，在橋頭停下車，走到河邊去歇息，抽菸，拍照，鏡頭對著橋和孩子們，然後，他們都會走向那個坡頂上的酒吧。每個人帶著自己的故事，從夏天的小城穿過。

廊橋，酒吧，像是一種暗示，像是我一直在旅途中尋找的某種機緣，使我在陌生中徹底地展開了自我的內心世界。於是，孤獨，成了一種處境，一種存在。在因著期望而延續，又因著失望而忍耐的生活中，行走在路上，會讓我獲得自由，和充實。

孤獨就是命運，是人類最原始最本真的狀態。

闊天曠地之中，有車開過。我在河邊小旅店的法式木窗前，望著不遠處酒吧裏勞作歇息的男人們，感到自己滿心充滿了一份豐盛的生活，這生活竟然與愛情，朋友，金錢毫無關係。這是我的從容，使那觸目所及的時光和記憶，全然變成了陽光之下無聲無息的斑斕。

在這個時候，夏天，有了色彩有了愛。」

我想，如果一個人要完整地，圓熟地存在在自己理想的完美世界中，或者他要為自己建立這麼個世界，那麼，行走，獨立的，帶著愛的旅程，將是他不可或缺的生命的一部分。因為他將在學會離開，學會放棄，學會改變中，學會感激與，愛。

（2009）

女人，模特，還有水

「所謂伊人，在水一方。溯洄從之，道路且長；溯游從之，
宛在水中央。」

《詩經》

　　Angela是大師的模特，從紐西蘭來到澳洲，帶著典型的島民血
統，膚色深棕，高大結實。她是水裏長大的女子，總是扛著心愛的
吉它，裹著各種豔麗的沙龍裙，光著一雙性感的腳。Angela不多說
話，卻會彈唱很美的南美拉丁歌曲。

　　我知道很多Angela的故事。若她自己說就簡單極了：模特，讀
書，旅行，還有寫歌。模特是工作，讀書是必需，旅行是生活，寫
歌是愛好。Angela來自一個貧乏的家庭，她的海邊小鎮住了不少島
民家族，兄弟姊妹六七個，棕櫚樹下孩子們奔跑著，木板房裏粗壯
的母親響亮地做著飯菜，父親出海，喝酒，接坊鄰里有如一家，幾
乎每個晚上都有party，從這家唱到那家，出出進進直到凌晨。

　　大師對模特的要求不是一張漂亮的臉，大師很少在人體畫中體
現臉，而是喜歡結實健碩高大的身體，他說這樣才能表現力度和美
感。Angela卻是美的，通體帶著活力，帶著燦爛。她不是精雕細刻
出來的，雖然她也有古希臘人的鼻子，輪廓俏麗的臉。她的美在於
自然。一頭濃密深棕的長髮偶爾綁在腦後，從不修理的濃眉直逼鬢
角，棕色的雙眼流光四溢。她是古銅色的，粗壯的大腿卻有圓潤的
腰肢，雙乳豐碩，皮膚帶著光亮繃緊著。她看上去是野性的，性情
卻平和靜謐。每次來到畫室，放下東西先去洗腳，然後按大師的意

圖在模特臺上脫下衣服，擺好姿勢。畫室便流動著眩目的水般蕩漾的色彩，是女人體最原始最自然的感覺。

我想你能明白我要說的：對於模特，凡人知之甚少。她走進畫室，展露自己，是藝術的神聖。Angela是個潔身自好的女子，寧靜且獨立。

你說過，你不喜歡滿牆掛自己藝術照的女子，自戀傾向嚴重。你說你喜歡June，因為她從來不知道自己是美的，她懂得去溫暖別人。

June是你的「發小兒」（童年時的好朋友）。住在維多利亞省和新南維爾斯省交界的一個大湖邊的木房子裏。她總是一頭烏黑的亂髮懶得打理，笑起來很燦爛，能感染身邊每一個人。她絕不是個時尚的女子，最隨意的牛仔褲裏住她長長的雙腿，一件小背心，粗糙有時起皮兒的曬黑了的臉，還有就是她永遠黑亮亮的眼睛。她除了在小區的老人院工作外，就自己專心地寫故事，面對著那個大湖，荒涼而美麗的大湖。你最終開車五個小時去看她了。你說如果是你早就離開那兒去別處了。

我知道不是每個女子都喜愛都市生活，嚮往繁榮。都市的內容很蒼白，太表面，難辯真偽，每個人都一臉道貌岸然。Angela走遍世界也是回到家裏住，那個昆士蘭海邊的聚居了島民家族的小鎮子，也還是睡她的木板床，也還是給鄰居們唱她自己寫的歌兒。第二天再開著自己的小車離開家，繼續她的旅行。你看到的，無論多大反差，她都平靜一如既往，就像她在模特臺上，不管是巴黎的上流畫院還是澳洲村鎮的美術學校，因為她只遵循自己的心的聲音，外界對她無關痛癢。

　　你到了June的家才親眼看到了那個大湖，望不見對岸，湖邊長滿兩米多高的毛頭蘆葦，大嘴的pelican悠閒地遊遊蕩蕩，成群的白色飛鳥掠過，湖水是藍色的。June帶你來到她家的後院，大片的綠草坡開滿黃色粉色的野花，還有一人多高的巨型仙人掌像士兵一樣寂寞地矗立。湖面吹來的風很硬，夾著陽光無遮攔的輻射，June的黑髮散出倔強。June在這裏沉靜地享受著生活呈現給她的絲絲縷縷，天空色彩的變化，湖水四季的不同。她對你講起他們老人院裏有趣的故事，講起那邊鄰居開的小旅店，一點一滴，如同晶亮亮的水珠，如同她的木屋邊一隻野兔子和皮皮蝦。

　　我說Angela是大師的模特並不準確，她為很多藝術家，藝術學校做模特。她喜歡自己的工作，儘管很辛苦，有時一個姿勢要一動不動地靜止個把小時。Angela最崇拜大師，大師隨時叫她肯定第一時間到，無論她在多遠。我想，如果說她是在愛大師，也未嘗不可。然而，她只是追隨著大師並不說一句話。她時常在休息時披上沙龍唱幾支歌，悠遠深長，她的目光不曾離開過大師，大師的畫就是她的夢。

　　June領你到附近的鎮上閒逛，你才發現，她竟然認識那麼多的人，帶著孩子的女人拉著她的手說起來沒完，小超市收款台的女孩子拿出一份小報指著報上照片告她誰結婚了，新郎曾是誰的男友。June寫的故事每週登在地區報上，關於老人們的，關於大湖邊上普通家庭的。那天晚上，她為你找了兩個朋友來作客。後來你們玩起了紙牌，一直玩到凌晨還興致勃勃。你們像孩子一樣地爭啊搶啊，June開心地輸得一敗塗地，你們不依不饒輪流坐莊。你忍不住偷看了她的牌，吃驚了：她手中的牌其實足可以贏掉所有人！

　　大師無論去哪兒講學都會帶上Angela。這是Angela最高興的。她從來是獨自旅行，只有跟著大師時她感到有種幸福。她靜靜地站在大師身邊，不管面對的是幾十人的課堂還是幾百人的美術館，Angela只覺得是在大師的畫室一樣。講課閒暇時，大師會帶著她去寫生，有時也畫她，站在樹林，或臥在草坡。大師從不要求她梳什麼樣的髮式，穿什麼顏色的衣服，什麼時候要抱著吉它，大師任她自己就是她自己，就畫她最自然最美的那一刻。Angela熟悉大師的習性，她懂得該帶的服飾，該搭配的色彩，從沒一次讓大師失望。

　　你要走了。June說，她知道你不會再來，因為這裏儘管美麗但太荒涼，這裏只屬於感知的世界，湖邊的故事也只有她寫給這些普通人來讀。你凝望著她黑亮的眼睛，伸出手觸摸她被湖邊的風吹得粗糙的肌膚，感覺到絲絲縷縷滲透出來的溫度，你的手指間清清楚楚地告訴了你：你在留戀。

　　我明白你的感覺，你想June離開大湖，你想June的故事寫得更著名。你見過太多無能女子，她們只因奔到了大都市，都憑藉著不強的能力或姿色找到了出頭的機會。你說她們從不問自己能幹什麼，只顧自己想要什麼，折騰著就為了兩個字：名，和利。然而，你是在這個社會涉足其間的人，你看著June只會猶豫。你清楚這之間的區別，但你只會和所有凡人一樣，去選擇某一種漂亮，但沒有勇氣選擇美。

　　我不知道Angela是什麼時候知道的，那本是個不是秘密的秘密。可Angela依然始終如一地追隨著大師。她一直沒有結婚，她的身邊也一直沒有男友，她旅行時還是一個人，還是住在那個島民家

族成堆的小鎮。在Angela四十多歲的時候，大師去世了。Angela那時已成圈裏最有名的模特。她的手裏只有一幅大師的自畫像。

大師是個同性戀。

我還有可慶幸的，就是你，你一直在告訴我：你曾經多麼的留戀過。

多少代的人們總把女人比成水。可水是天界中最自然的，最不可人為塑造的。

像水的女人只屬於自然，她們完美無比。

（2004年）

日光照耀的山莊

1

他拉著我的手，站在山下Safeway超市的停車場邊，一起仰觀著對面的山林。那會兒還很熱，陽光耀眼地灑滿全身。我穿著吊帶背心和短裙，一雙平底涼鞋光著腳。他用手遮著太陽猜測著：「我想是那個淡綠房頂的。」我說不是，方向不對，應該是那個只看得見半個斜頂的。他不甘心地拉我走到停車場另一端繼續猜。

山林濃郁，樹梢處露出星星點點的多彩的房頂。太陽曬紅了他的臉，他說：「上山再看看吧。」又看了一眼我的涼鞋：你能走山路嗎？我說我可以脫了鞋啊！他笑了，像個孩子。

那是拍賣的前兩天。那個小山莊像是他的一個情人牽著他的心。

2

這是座走了大半個世紀的依山而建的古樸的白色山莊。1945年的時候，以磚泥結構著稱的建築師John Harcourt為他的岳父，作家Hazel Robinson設計並建造了這個「Hazel's Cottage」。法式的格子門窗和全木的地板天花，斜頂的樓上臥室被樹木環繞著，清涼也光明。

他如願地擁有了這個名家之宅。他讓它又有了入住名畫家的歷史。

他一直有心想找這樣一個住處：雅靜，自然，獨一無二，打開每扇窗戶，看到的就是綠樹。近兩千平米順山而下的叢林和花園，小小的噴水池養著紅色白色的金魚。他說，這是他夢中的畫室，不僅掛滿畫，園中還將豎滿雕塑。

他帶我走到樓上的書房，仿古的寫字臺放在格子窗下，滿眼樹梢間飛著碧綠血紅的鸚鵡。他說你帶著你的電腦就坐在這裏寫作。我說好啊。可我明白：不是這樣的。寫作的過程是要把自己封閉住，對著電腦就是白天也開著臺燈。不停的菸和白開水。最好是沒有窗戶的房間，沒日沒夜。

3

我的女友從很遠的鄉下來。她坐在山莊的小廚房裏，用手不停地摸著凹凸不平的泥牆，說想起了外婆家和童年的往事，純淨懷舊，人性的美好。而如今他們鄉下卻建得都是光猛大宅，怎麼現代怎麼來的設計，四面光溜溜儘是玻璃的感覺，不同的追求。

「城鄉差別！」她肯定地下了逆反的結論。

他招待他們夫婦的是中國北方的鄉下飯：韭菜合子。

我想：在被拘禁的生活中，其實，人人都有不被拘禁的選擇的權利。肯聽從自己內心意志而不隨波逐流，這是作為藝術家的前提。

4

山林裏蚊蟲多。直升飛機般的大蒼蠅嗡嗡作響出出進進很自由。他已經習慣了，有時會轟一轟，邊說著「再不出去就打啦」邊

大敞著門窗。

　　有一天我興奮地告訴他：在你的寶貝畫的框子上爬著一隻五毛錢硬幣大小的蝸牛兒。他毫不驚奇地說：捉出去扔了。又叮囑：別讓它吃花。

　　孩子們在他花園的叢林中開始了「bushwalk」，找野兔子窩和果子狸洞，穿著雨鞋拿著棍子敲敲打打出出沒沒。一會兒工夫逮回幾隻蝴蝶，幾隻昆蟲，又鑽到屋旁的竹林裏搭帳篷玩。

　　他坐在陽光中的長椅上抽著菸斗，我靠在他的身邊帶著墨鏡在陽光下看報紙。

　　我想，我肯定不是個素食者，可我喜歡我的感情像素食一樣：清淡，樸素，緩慢，且溫柔。

5

　　他去紐省講學。在機場把山莊的鑰匙交給我：每天上山看看。

　　我依他所囑，仍然是老時間來到山莊。放上德彪西的鋼琴，餵魚，看報，揪了院裏的檸檬榨汁。偶爾在山道上遇見某個鄰居。有一個老女人牽著一隻和她長得很像的狗常會站住和我說話，她說她在這山林裏住了四十年。她讓我在寂靜的日子裏感到很滿足。

　　陽光閃動著，我在畫架上畫我自己的畫。

　　一點一點，日頭從樹蔭間移到了我的手背上，微笑著，不說話。

　　我下山。

　　他回來了，問我，都寫了什麼？我說繼續寫著Angela的故事，還有June的故事，還有Ben的故事。

他關心June，「June怎麼樣了？」

我拉著他走上明亮的尖頂臥室，盤腿坐在落地格子窗前的大床上，給他讀起June的故事，這是唯一我在山莊裏寫的一段：

6

在小鎮老人院裏工作的June心中有了一份戀情，那男人是老人院裏新來的醫生，June中學時代曾經通過兩年信的戀人。可他已經結了婚，家在Midura，離小鎮三小時的車程。倆人回避著一切災難性的可能重又相愛了。老人院裏清醒的老人比他們想像得要多，雪白的回廊通道裏的玻璃反射著一雙雙眼睛。就在他們悄悄相約了去雪山滑雪的時候，消息卻神密迅速地被透露給了醫生的太太。

June在他們定好的雪山腳下的一座小山莊裏足足等待了兩天，沒有出過門，每天只從山莊的格子窗中孤獨地遙望著白色的山林。

此時的醫生被太太糾纏著無法脫身，最終吐露了實情。但，他把他和June六年來的兩段感情都說成是June對他癡心的暗戀和騷擾！一切都不過是他自己不想傷害June而做的逢場之戲而已。

June在山莊裏等到了一盤來自醫生太太的錄音帶。他們夫妻談話的內容。

第二天，June回到了老人院繼續工作，醫生再沒出現。

看來，一切和願望不一樣，即使是真摯的感情，也不會始終堅韌不拔。現代人的愛情，無關痛癢。

June後來說：愛，就像是一種信仰，是一種迴響，它跟任何人與事無關。這就是為什麼我們始終還眷戀著那份始終恍惚的感覺。

　　June還說，在她聽完那盤錄音帶後，安靜地走出山莊，獨自爬到雪山的山頂。在白皚皚的山林間，她突然淚如雨下。

7

　　我把故事讀完了。陽光將窗戶的格子映在乾淨的大床上，整齊地劃分著經緯。他，面向窗外，在悄悄流淚。

　　我困惑了：這倒底是誰的故事？記憶之中有好多人，就像外面的莽莽山林，就像那麼多豔麗的鳥兒飛在林間，他們都在索取著深情，可世間竟充滿著太多的漠然。

　　我真喜歡寫作之後又看見了太陽，又發現自己在溫暖的山莊裏。

　　他長出一口氣，回過頭來仰面躺下，說：你大概是個妖精，善編童話！

　　然後，一把拉過我，在寧靜的山莊裏，開始瘋狂做愛。

（2004年）

釀文學59　PG0709

 碎片・錯覺・故事
　　　　——子軒短篇小說集

作　　者	子　軒
責任編輯	林千惠
圖文排版	姚宜婷
封面設計	蔡瑋中

出版策劃	釀出版
製作發行	秀威資訊科技股份有限公司
	114 台北市內湖區瑞光路76巷65號1樓
	電話：+886-2-2796-3638　傳真：+886-2-2796-1377
	服務信箱：service@showwe.com.tw
	http://www.showwe.com.tw
郵政劃撥	19563868　戶名：秀威資訊科技股份有限公司
展售門市	國家書店【松江門市】
	104 台北市中山區松江路209號1樓
	電話：+886-2-2518-0207　傳真：+886-2-2518-0778
網路訂購	秀威網路書店：http://www.bodbooks.com.tw
	國家網路書店：http://www.govbooks.com.tw
法律顧問	毛國樑　律師
總 經 銷	聯合發行股份有限公司
	231新北市新店區寶橋路235巷6弄6號4F
	電話：+886-2-2917-8022　傳真：+886-2-2915-6275

出版日期	2012年3月　BOD一版
定　　價	270元

Printed in Taiwan

國家圖書館出版品預行編目

碎片. 錯覺. 故事：子軒短篇小說集 / 子軒著. -- 一版.
　-- 臺北市：釀出版, 2012.03
　　面；　公分. --（語言文學類；PG0709）
　BOD版
　ISBN　978-986-6095-82-5（平裝）

857.63　　　　　　　　　　　　　100027853

讀者回函卡

感謝您購買本書，為提升服務品質，請填妥以下資料，將讀者回函卡直接寄回或傳真本公司，收到您的寶貴意見後，我們會收藏記錄及檢討，謝謝！
如您需要了解本公司最新出版書目、購書優惠或企劃活動，歡迎您上網查詢或下載相關資料：http:// www.showwe.com.tw

您購買的書名：_____

出生日期：_____年_____月_____日

學歷：□高中 (含) 以下　　□大專　　□研究所 (含) 以上

職業：□製造業　□金融業　□資訊業　□軍警　□傳播業　□自由業
　　　□服務業　□公務員　□教職　　□學生　□家管　□其它_____

購書地點：□網路書店　□實體書店　□書展　□郵購　□贈閱　□其他

您從何得知本書的消息？

　□網路書店　□實體書店　□網路搜尋　□電子報　□書訊　□雜誌
　□傳播媒體　□親友推薦　□網站推薦　□部落格　□其他_____

您對本書的評價：（請填代號　1.非常滿意　2.滿意　3.尚可　4.再改進）

　封面設計____　版面編排____　內容____　文／譯筆____　價格____

讀完書後您覺得：

　□很有收穫　□有收穫　□收穫不多　□沒收穫

對我們的建議：_____

_____

_____

_____

11466
台北市內湖區瑞光路 76 巷 65 號 1 樓

秀威資訊科技股份有限公司　　　收

BOD 數位出版事業部

．．．

（請沿線對折寄回，謝謝！）

姓　　名：＿＿＿＿＿＿＿＿　年齡：＿＿＿＿　性別：□女　□男

郵遞區號：□□□□□

地　　址：＿＿＿＿＿＿＿＿＿＿＿＿＿＿＿＿＿＿＿＿＿

聯絡電話：(日) ＿＿＿＿＿＿＿＿＿　(夜) ＿＿＿＿＿＿＿＿＿

E-mail：＿＿＿＿＿＿＿＿＿＿＿＿＿＿＿＿＿＿＿